「じゃさー、いやらしー穴ずぷずぷ掘られて、
イかされまくんのは勘弁してクダサイって言ってみ？」

ブラザー×ファッカー

篠《しの》崎《ざき》一《ひと》夜《よ》
ILLUSTRATION
香《こう》坂《さか》透《とおる》

CONTENTS

ブラザー×ファッカー

ブラザー×ファッカー

隠《かく》れん坊《ぼ》の、鬼が笑った。

はぁっ、はぁっ、と悲鳴のように息が上擦《うわず》り、渦《うず》を巻《ま》く。大きく口を開き、仁科吉祥《にしなきっしょう》は力の限り土を蹴《け》った。

全力で走っても、薄暗い雑木林《ぞうきばやし》の出口は見えない。小学生の吉祥の手足は細く、その歩幅《ほはば》は狭《せま》かった。

「だ、だめだ…、無理……」

泣き声を上げたのは、自分だったのか。それとも腕を摑《つか》む、弟だったのか。

膝《ひざ》まで茂《しげ》る雑草《ざっそう》に足を取られながら、吉祥は何度も後ろを振り返った。

鬼の姿は、見えない。

それでもすぐ背後に、大きくて黒い、熊《くま》のような巨軀《きょく》が迫《せま》るようで、涙《なみだ》が込み上げる。

「あそこ…！」

弟が、強く吉祥の腕を引いた。積み上げられたごみの一角が、目に飛び込む。迷っている余裕はなかった。

乗り捨《す》てられた車のトランクへ、二人してもぐり込む。土の匂《にお》いを押し退《の》けて、ガソリンの汚臭《おしゅう》がむっと鼻を塞《ふさ》いだ。膝を擦《す》り剝《む》き、肩をぶつけながら、夢中になって体を折る。がちん、と音を立てて蓋《ふた》が閉まると、世界は暗くちいさく、押し潰《つぶ》された。

「は…ぁ…、ぅ、…はぁ…、は…」

口を、閉じなければ。

声を出しては、いけない。

解っているのに、止まらない血のように後から後から、涙が噴《ふ》き出す。抱き合う弟の体が、自分とそっくりに忙《せわ》しなく揺れていた。

車体に吹きつける風の音に混じり、なにかが聞こえる。

鬼の、足音だ。

「ぁ……」

兄弟を捜《さが》す怒声《どせい》が、雑木林に響く。耳を塞ぐ代わりに、吉祥は弟の体を抱き締めた。

泣き声も、悲鳴も、呼吸さえも止めなければ、鬼に、見つかってしまう。

たすけて。

声に出せない叫びが、狭い世界を埋《う》めつくした。こんな暗い場所を、吉祥は知らない。

たすけて。

強張《こわば》る体はすぐに痺《しび》れて、弟と握《にぎ》り合った指の感覚さえ失《う》せてゆく。

体のどこまでが自分だったのか。そしてどこからが弟で、闇《やみ》だったのか。暗いくらい世界の重さに、なにもかもが飴玉《あめだま》みたいに溶けて、ひとつになった。

自分の弟は、少しおかしい。

「あー、顎痛《あごいて》ェー」

耳の真後ろで、低い声が何度目かの唸《うな》りをもらす。

わざとらしく語尾を伸ばす仁科彌勒《みろく》に、吉祥は応えることなく鉄柱《ポール》を掴む指へ力を込めた。

不規則な振動が、二人の足元を揺らしている。家路につく学生や会社員で、電車は酷《ひど》く混み合っていた。

「どーしてくれンの。顎が痛くて夕飯食えなかったら。吉祥のせーだ責任取れよォ」

彌勒が拗《す》ねた声をもらすたび、肩に乗せられた顎がごつごつと動く。しっかりと腰に回された弟の腕を、吉祥は溜《た》め息《いき》交じりに見下ろした。

茶色い毛革で縁取《ふちど》られた袖《そで》から、がっしりとした手首が伸びている。運動を好《この》む吉祥の骨格《こっかく》も、決して脆弱《ぜいじゃく》なものではない。しかし比《くら》べてしまえば、白い自分の腕などより、彌勒の手首は太く、逞《たくま》しかった。

こんな立派な図体をしていながら、彌勒はまるで子供のように人目を気にする様子がない。今に始まったことではないが、吉祥にはどうしてもそれに慣れることができなかった。

「なァ吉祥、聞いてんの？」

「聞いてない。それよりお前、どうしていつもそんな話し方するんだ。ばかっぽいぞ」

厚い掌《てのひら》を抓《つね》り上げてやろうかと考えながら、吉祥は窓硝子《まどガラス》に映る影を睨《にら》んだ。流れてゆく夕映《ゆうば》えよりも濃い影が、窓を覆《おお》っている。夜の深淵《しんえん》そのものを、覗《のぞ》き込んだようだ。

混み合う車中で、吉祥の背には大柄な弟がぴったりと張りついている。

「じゃあお兄様は、なんでンな話し方すんのよ。じじ臭《くせ》えぞ？」

「じ……」

思わず眉《まゆ》を吊《つ》り上げ、吉祥は背後を振り返った。そんな吉祥に額《ひたい》を寄せ、薄い唇《くちびる》がにっと笑う。

「やーっとこっち見やがったな。ウッソ。その喋《しゃべ》り方優等生らしくて超サイコー」

楽しそうに笑う彌勒の虹彩《こうさい》は、深く暗い。真正面から覗き込まれると、逸《そ》らしがたい力があった。

整髪剤《せいはつざい》で整えられた枯れ葉色の髪が、精悍《せいかん》な容貌《ようぼう》に落ちている。

年子《としご》の弟は、吉祥とはまるで似ていなかった。

知的に整った吉祥の容貌に比べ、彌勒を形作るのは荒々しく、野性的な雰囲気《ふんいき》だ。浅黒い肌も、長身をだらりと腰で支えて立つ姿も、吉祥とは正反対の印象を与える。

「黙れ。いい加減離れてろ」

「ヤダ」

短く応じ、太い腕が更《さら》にぎゅうぎゅうとしがみついてきた。じゃれ合う二人を見て、斜《なな》め前方に立つ女子学生たちがくすくすと笑い合っている。

視線を感じて顔を上げると、脇に立つスーツ姿の男性と目が合った。吉祥の視線とぶつかった途端、男が目を瞠《みは》って顔を赤くする。男だけでなく、鉄柱の真横に座る女性もまた、広げた文庫本の端から吉祥の容貌を盗み見ていた。

　黒い、ぬれたような吉祥の双眸《そうぼう》に出合うと、皆一瞬呑《の》まれたように動きを止め、そして目を伏《ふ》せる。恥ずかしさに、吉祥は彌勒を振り解《ほど》こうと身動《みじろ》いだ。兄弟とはいえ、これはやはり密着《みっちゃく》しすぎなのだ。

「吉祥が責任取って、俺の言うことなんでも聞くって約束するまで離れてやんねー」

　吉祥の抵抗を両手で封じ、彌勒は尚《なお》も体温を擦り寄せてくる。

「いきなり授業中に、人の教室に飛び込んで騒《さわ》ぐ奴が悪いんだろ。殴《なぐ》られて当然だ」

　五限目の光景を思い浮かべ、吉祥は白い眉間《みけん》に皺《しわ》を刻《きざ》んだ。

　社会科の授業中、突然教室の扉《とびら》が開き、保健室につき添ってくれと、弟が現れたのだ。返答を待たず兄を抱《かか》え上げた彌勒は、とても病人には見えなかった。

「なにそれ可愛《かわい》くねーの！　あのままだったら吉祥、暗幕下ろした教室でスライド見る羽目《はめ》になってたじゃん」

　暗く閉め切られた教室を思い描き、ぴくりと吉祥の瞼《まぶた》が引きつる。

「……まさかお前、そのために…？」

　黒い双眸を見開いた吉祥に、彌勒がにっと歯を見せて笑った。

　強引に教室から連れ出された吉祥は、廊下《ろうか》で我《われ》に返り弟を殴りつけた。だが呻《うめ》く彌勒を置き去りにできず、結局は保健室で患部《かんぶ》を冷やしてやったのだ。

　そのため授業の半分が犠牲《ぎせい》になったが、彌勒が言う通り暗闇でスライドを見ることから免《まぬか》れたのも事実だった。

彌勒なりに自分を気遣《きづか》ってくれたということか。手段は最悪だったが、吉祥は口にすべき小言《こごと》が喉《のど》の奥に消えるのを感じた。

「王子様みたく飛び込んで来てくれて、彌勒ちょー格好よかったって言ってみ？」

甘ったれた声を出し、彌勒が制服の裾《すそ》から掌を差し込んでくる。

「……顎砕《くだ》かれて泣く王子がいるのか」

「泣いてねーだろっ」

唇を尖《とが》らせた彌勒が、吉祥の体を揺らした。

「いや、泣いてた」

「……だから泣いてねーって！　…つかどうよ。恩人に対してこの仕打ち」

ぐったりと伸《の》しかかる弟に、吉祥が唇を引き結び鉄柱から指をほどく。

「………ありがとうな」

一つ大きく息を吸い、吉祥は肩越しに弟の頭に触《ふ》れた。素直に口にされた謝意《しゃい》に、彌勒が双眸を瞠る。大柄な彌勒のそんな表情が照れくさくて、吉祥はすぐに目を伏せた。

吉祥も小柄な部類ではないが、上背《うわぜい》では彌勒に劣《おと》る。更にはみっしりと筋肉を纏《まと》う腕や、肩幅の広さといった体格差は、歴然《れきぜん》としていた。これからも二人の差は目に見えて広がっていくだろう。その確信は誇《ほこ》らしさと同時に、微《かす》かな焦燥《しょうそう》を吉祥にもたらした。

年齢差と言っても、彼らにあるのはわずか一年だ。しかも四月生まれの吉祥に対し、彌勒は三月生まれと、この春から二人揃《そろ》って高校への進学を予定している。

一年とは言わない。せめてあと一カ月、自分が早く、あるいは彌勒が遅く生まれていたら。様々な場面で肩を並べる自分たち兄弟に、吉祥は思わず肩を落とした。

「俺の言うこと、なんでも聞く気になった?」

懲《こ》りない問いに、吉祥が眉を吊り上げる。

「調子に乗るな」

「俺が正式に卒業できることになった、つっても?」

低く声を落とされ、吉祥ははっとして彌勒を振り返った。

「本当か?」

「ちょー楽勝。認定《にんてい》試験、全部クリアだってよ。出席日数がヤバかった教科も問題なし」

息を呑んだ吉祥に、彌勒がにやりと唇を歪《ゆが》める。驚きのあまり、ここが満員の車内でなければ、彌勒の頭を摑み、揺すぶってやりたいところだ。

「すごいじゃないか!」

「オウ。これで春から同じ高校通えるぜ」

ぎゅっと、しがみつく腕に力を込められ、吉祥の眉間が曇る。縋《すが》るような弟の力より、思わず声がもれそうな動揺《どうよう》に、吉祥は息を詰めた。

「…頑張ったもんな、彌勒。母さんに連絡したのか?」

「なんでよ。吉祥が一番最初に決まってんだろ」

当たり前のように応え、彌勒が眼を眇《すが》めた。

吉祥が、一番最初。

素直に口にする弟に、吉祥は冷たく重い感情が、胃《い》へ沈み落ちてゆくのを感じた。

彌勒の言葉が、嬉《うれ》しくないわけではない。ただ、素直に喜べないだけだ。

人目も憚《はばか》らず兄にしがみつく弟の腕は、決して同じように両親を抱くことはない。他の人間に対しても、同様だ。

弟のこの親愛は、全て兄である自分一人に向けられる。

兄弟と言えども、この年でこれほどべったりすごすなど、世間的には異様なことだろう。

自分の弟は、少し、おかしい。正常な世界の規範《きはん》に頓着《とんちゃく》しない彌勒を思う時、いつも吉祥を苦しめる色がある。

小学三年生のあの日、自分たち兄弟を覆った闇の色だ。彌勒は、そして吉祥は、近隣《きんりん》で発生した連れ去り事件の被害者だった。

自分たちを見舞った出来事について、吉祥が彌勒と言葉を交《か》わすことはない。それでも吉祥は、自分と同じように、彌勒があの闇を忘れていないことを知っている。

「そうか。早く母さんにも知らせて、安心させてやれ」

煩《わずら》わしい小言だと知りながらも、吉祥は口にせずにはいられなかった。

闇が弟に残した傷跡を拭《ぬぐ》い去るためになら、なんでもしてやりたい。だが甘やかすばかりでは、彌勒は一向に兄離れができなくなる。心を鬼にして苦言を呈《てい》するのも、自分の務《つと》めなのだ。

「へーいへーい。それよか俺、吉祥に話してーことがあるんですケド」

吉祥の首筋に顔をうずめ、彌勒が大きく息を吐《は》いた。迷うように、掌が兄の胸元を撫《な》で、腰骨を辿《たど》る。

「話？」

いつになく真剣な声音に、吉祥が小首を傾《かし》げた。

「あーなんての。卒業が本決まったら言おーと思ってたつか。吉祥は、俺になんか言うことねーの？」

額を肩に押し当てたまま、彌勒が尋《たず》ね返す。

もうすぐ駅が近いのだろう。大きな振動に体を任《まか》せ、吉祥は自《みずか》らの肩が強張るのを感じた。

「…例えば？」

問い返した声が、喉に絡《から》む。

「例えば……」

繰り返し、彌勒が思案するように言葉を切った。

「どうしたんだ彌……」

言葉の続きを促《うなが》そうとした吉祥の体が、ぎくんと強張る。

「…っ……」

いつの間にそんなところへ移動していたのだろうか。腰を抱いていた腕が、内腿《うちもも》にまで伝い下りていた。あり得ない場所を探られる感覚に、吉祥がもぞもぞと体を揺らす。

「…じ、冗談《じょうだん》も大概《たいがい》にしとかないと、また殴るぞ」

上擦りそうになる声を抑《おさ》え、吉祥は弟の腕を捉《とら》えようとした。

「冗談？」

揉《も》むように股間《こかん》を触られ、びくんと腰が跳ねそうになる。

「…ッ、やめろって…っ」

力任せに彌勒を振り払おうとして、吉祥はあっ、と声を上げた。

愕然《がくぜん》とした吉祥の足元が、大きく揺れる。電車の揺れに攫《さら》われ、傾いた痩軀《そうく》を彌勒が両手で抱き支えた。

しかし吉祥の股間に押し当てられた掌は、離れない。

「な……」

自分を支える二本の腕は、間違いなく彌勒のものだ。では、股間に触れてくる手は誰のものなのか。

そう考えた途端、ぞっと悪寒《おかん》が込み上げた。

熱っぽい掌が、包むように股間で上下している。

「…う……」

性器の先端《せんたん》を布の上から探り出され、下腹に痺れが走った。ふるえた性器の形を辿る指に、悲鳴が迫《せ》り上がる。

「んだよ、吉祥」

硬直《こうちょく》してしまった吉祥を訝《いぶか》しみ、彌勒が肩越しに顔を覗き込んだ。

誰かに、体を触られている。そう訴《うった》えるだけなのに、声が出ない。

常にない吉祥の様子に、彌勒が眉間に皺を寄せる。兄の胸元へ下がった彌勒の視線が、不意に鋭い光を孕《はら》んだ。

「テメェ！　誰に触ってんだコラァッ」

怒声が、耳元で炸裂《さくれつ》する。

びりびりと、周囲の空気が振動した。雷《かみなり》のような怒号《どごう》よりもむしろ、彌勒の眼光に言葉を失う。尋常《じんじょう》ではない彌勒の怒気《どき》に、周りの乗客たちもぎょっとして振り返った。

「クッソ、邪魔だ退《の》け！」

吉祥を押し退《ど》け、彌勒が乗客に摑みかかる。

突き飛ばされぶつかり合った乗客たちが、再び大きく揺れた。電車がホームに滑《すべ》り込み、その動きを止めたのだ。

「待てッ」

がたん、と音を立てて、扉が開く。

「彌勒！」

扉から吐き出される人の流れを、彌勒が蹴散らし突っ切った。悲鳴や抗議《こうぎ》の声が飛び交ったが、振り返りもしない。

関わりを持つまいと、急ぎ足でホームへ降りる人込みを搔《か》き分け、吉祥は腕を伸ばした。

「追うな！　もういい、彌勒っ」

夢中になって、弟の腕を摑む。

「ハァ!?　ふざけんなッ」

恐ろしい眼が、吉祥を振り返った。

刃物で刺されるのは、この感覚に似ているのかもしれない。堅く冷たい塊《かたまり》が、皮膚《ひふ》も肉も骨も関係なく刺し通す。

「……っ」

「庇《かば》う気か、吉祥！」

視線を受け止めた吉祥を、更に容赦《ようしゃ》のない声音が打った。

「そんなわけあるか！」

あんなふうに触られて、許せるわけはない。

しかも吉祥が、この種類の被害に遭《あ》うのはこれが初めてではなかった。彌勒に告《つ》げるつもりはないが、半年ほど前までは頻繁《ひんぱん》に、同じ不快感を味わわされてきたのだ。

当然泣き寝入りなどせず、自分の手で犯人を捕まえてやりたい。だが自分一人ならともかく、怒りに駆られた彌勒が、犯人と対峙《たいじ》すればどうなるか。折角《せっかく》卒業が決まった弟に、余計な騒ぎを起こさせたくはなかった。

「じゃあナニ逃がしてんだよ、あの野郎！」

「……野郎？」

「間違いねー。吉祥に触ってたの、男だ。…クッソ。ゼッテー殺す！」

言いざま、彌勒が側《そば》に立っていた飲料水の自動販売機を蹴りつけた。恐ろしい音が響き、周囲の者が振り返る。

「やめろ、彌勒」

押し止《とど》めようと腕を伸ばし、吉祥ははっとした。下腹の変化を隠そうと、不自然なものになった兄の動きを、彌勒は見逃《みのが》さなかった。

「吉祥、お前……」

暗い色をした双眸が、見開かれる。

言葉を失う彌勒に、吉祥は自分の不甲斐《ふがい》なさを呪《のろ》った。こんなにも愕然とした弟を見たのは、初めてだ。

まじまじと兄を見た彌勒の双眸で、なにかが閃《ひらめ》いた。

「彌……」

乱暴な力が、吉祥の手首を摑む。力任せに腕を引かれ、吉祥は声を上げた。

「おい！　どこ行くんだ、彌勒！」

振り返りもせず、彌勒が吉祥を引《ひ》き摺《ず》り階段へ向かう。出口に通じる階段を下りたが、彌勒は改札へ向かうことなく右手に折れた。

数年前に改装を終えた駅構内は明るく、清潔《せいけつ》だ。新しいタイルの床を踏み、洗面所の入り口をくぐる。

「痛《つ》……っ…」

勢いよく突き飛ばされ、吉祥の体が個室へ押し込められる。洗面台を使っていた若い男が、突然入って来た二人の剣呑《けんのん》さに、慌《あわ》てて逃げ出した。

「なにするんだ、彌勒」

ようやく解放された手首を庇い、吉祥が抗議の声を上げる。だん、と音を立てて、彌勒が個室の壁に掌を叩きつけた。

「いーからじっとしてろお兄ちゃん」

眼を眇めた彌勒が、吉祥の腰骨を捉える。身動ごうとした兄を無視し、掌はすぐに股間へ這《は》った。

「な……っ」

真正面から、性器へ掌を押し当てられる。なにが起こったのか解らず、一瞬、頭のなかが真っ白になった。

「やっぱり、かよ」

掌全体で押し揉むように、彌勒が股間を探ってくる。もらされた声にも眼にも、侮蔑《ぶべつ》の色はない。むしろ真剣そのものだ。

ぎょっとして、全身から血の気が下がる。

「ど、どこを触ってるんだ！　お前っ」

弟とはいえ、こんなふうに体へ触れられたことなどあるはずもない。日頃から鬱陶《うっとう》しいくらい抱きついてはくるが、それだけだ。動転し、吉祥は彌勒の肩を押し返した。

「ちょっと勃《た》ってんだろ、吉祥」

股間を注視していた彌勒の双眸が、吉祥を見る。無様《ぶざま》な身体の反応を言い当てられ、かっと顔に血が上《のぼ》った。

「どうでもいいだろう、そんなこと！」

彌勒も吉祥も、性的なことに興味があって当然の年頃だ。それでも吉祥は、異性との関係は勿論《もちろん》、自分の手で慰《なぐさ》める経験さえ薄かった。

彌勒は物慣れない自分の反応を笑うため、こんな場所に連れ込んだのか。恥ずかしさと腹立たしさに弟を押し退けようとしたが、更に強く壁へと押しつけられた。

「っ…」

「テメェ…男に触られて、こんなになんのか」

試《ため》すように、大きな掌が下から上へと性器を撫でた。

彌勒は車中で触れてきた犯人よりも、そんなものにも反応してしまった兄の情《なさ》けなさに、怒りを覚えているのかもしれない。

股間に他人の手を押しつけられていると解った時、感じたのは嫌悪《けんお》だけだった。それにも拘《かかわ》らず、経験のない体は如実《にょじつ》な変化を見せたのだ。

「悪かったな！　俺はお前みたいに、遊んでな…」

怒鳴り声を無視し、股間をいじっていた彌勒の手が制服のファスナーを下ろした。

「な…」

拒《こば》むより早く、彌勒の掌が吉祥の性器を握り込む。

目の前に、閃光《せんこう》が散った。

「…っあ……」

自分以外の手で直接包み取られるなど、初めての経験だ。刺激の強さと混乱に、あっと言う間に呼吸が早くなる。

性器に絡むのは、紛《まぎ》れもない弟の指だ。解っているのに、形を確かめるよう握り直されると、下腹に気持ちよさが響き、吉祥は愕然とした。

「俺に触られても、勃つ？」

囁《ささや》きが、耳殻《じかく》の真上に落ちる。

頭蓋骨《ずがいこつ》へ直接響くような声音と息遣いに、吉祥は彌勒を見た。真摯《しんし》に自分を見る双眸の奥で、暗い光が瞬《またた》いている。

見たこともないような、焔《ほむら》だ。

「お前…、なにを……」

「つか、吉祥があんなヤローに触られたままなんて許せねーし」

ゆっくりと、性器に絡んだ指が動き始める。呻いた吉祥の薄い唇を、彌勒が間近から覗き込んだ。

「俺が、イかせてやる」

凝視《ぎょうし》する視線の先で、彌勒の唇が動く。

その言葉が、なにを意味するのか。硬直した思考が、考えることを否定した。

「じ、冗談にも……」

彌勒の肩を摑んで逃れようとするが、逆に体重をかけて押さえ込まれる。

「あ…」

骨張った指に性器の先端をこすられ、吉祥は声を上げた。

「やめ…ろ…っ！」

膝から力が萎《な》えそうになり、顔を歪める。

大声で罵倒《ばとう》しようにも、ここは洗面所だ。いつ誰が入って来てもおかしくない。

それにも拘らず、彌勒はベルトまでゆるめると、括《くび》れた場所をくすぐるように手を動かしてきた。

「っ……」

「ぬれてきた」

暴れられないよう、肩口で体を押さえつけられ、互《たが》いの体が密着する。しがみつかれることなど珍しくないのに、不覚にもぞくりと鳥肌が立った。

「放……」

囁かれるまでもなく、先端からあふれた体液が、彌勒の手を汚すのが解る。

「すっげ、吉祥。俺に触られて、こんなとろとろ」

嬉しそうに、彌勒がぬるっとした体液を性器になすりつけた。悪寒にも似た痺れが込み上げて、口《こう》腔《こう》に唾液《だえき》が湧く。

緊張なのか、興奮なのか、よく解らない。彌勒の手が動く股間も、頭も、ぬれた熱に包まれて溶け出しそうだ。

「…ッかやろ……ッ…」

顳顬《こめかみ》が痛んで、耳鳴りがする。現実感が失せ、思わず声を上げてしまいそうな恐怖《きょうふ》に、吉祥は頭を振った。

「…嫌がらせの…つもりか…っ、こんな……」

「イヤガラセじゃねっつの」

吉祥の怒声を、彌勒が遮《さえぎ》る。ひくつく性器に握力《あくりょく》を加えられ、吉祥はぴんと顎を反《そ》らせた。

息が詰まる。すでに慣れない吉祥の性器は限界まで膨《ふく》れ、痛いほど脈打っていた。車内で見ず知らずの男に触れられた時の比ではない。

「っ…」

歯を食いしばる吉祥の目元へ、彌勒が顔を寄せた。そっと瞼を吸われ、生理的な涙が睫《まつげ》に溜まっていたことを知る。

「彌……っ」

「好きだから」

思い切り、鈍器《どんき》で殴りつけられるような衝撃《しょうげき》だった。

好き。

口にされるべきでない唇から放たれたその言葉は、想像もつかない強さで吉祥を打ちのめした。

「オトートとしてなんかじゃねーぞ、言っとっけど。マジ毛も生《は》えてねー頃から、吉祥のコトしか見えてねーってイミ。解る?」

「…し、正気か、お前……っ」

こいつは、なにを言っているのだ。

吐き捨てた声が、惨《みじ》めに掠《かす》れる。

彌勒がその身に深い傷を抱えていることは、解っていたことだ。

だがこれは、こんなことは、異常すぎる。

そして同時に疑うべきは、自分の正気だ。

弟に性器を握られ、呆気《あっけ》なくあたたかな蜜《みつ》を募《つの》らせているのは誰だ。気の遠くなるような混乱のなかで、吉祥は体をふるわせた。

「う…あっ……」

彌勒の手に更に握力が加わり、堰《せ》き止められる苦しさに背骨が反る。

「シヨーキシヨーキ。全っ然正気」

「き、兄弟だろうが…！」

悲鳴のような声が、喉からもれた。

「男で……」

「男だろーが血が繋《つな》がってよーが好きよ、お兄ちゃん。だからつき合って。俺と」

声を低くして、彌勒が先端の割れ目をくりくりといじる。弟の指がそんな場所で動くなど、想像だってしたことはない。自分で触るのとはまるで違う手順でこすられて、吉祥は腰を突き出し身をふるわせた。

「俺は吉祥とつき合いてえ。な、言えよ。吉祥」

そうしたら、イかせてやる。

耳殻を舐《な》められ、目の前が真っ白になった。

「ぁ…」

「言ってくれよ…」

繰り返された声は、熱く掠れている。吹き込まれた耳から直接体内に流れ込んで、全身の骨が溶けてしまいそうだ。

止めようもなく、たらたらと性器から蜜がしたたる。

自分が粗相《そそう》をしているような錯覚《さっかく》に、吉祥は薄い唇を開いた。

「彌……」

屈辱《くつじょく》と、同じだけの興奮に膝がふるえる。懇願《こんがん》を込めた声音に、彌勒が唇の端を笑わせた。

「つき合ってくれる?」

子供が指切りでもするような口調《くちょう》で尋ねられ、なにも考えられず、頷《うなず》く。

一秒でも早く、この異常な熱から解放されたい。その一心だった。

「やっぱなしとか言うなよ」

やわらかく性器を揉まれ、ぎりぎりと歯を食いしばる。手触りを楽しむように、彌勒が掌のなかの性器を揺らした。すぐに与えられない決定的な刺激に、吉祥の眉が苦悶《くもん》に歪む。

「…く…そ…っ、……やっぱ……」

なしと、そう叫ぼうとした吉祥の性器を、ぬれた掌が勢いをつけて扱《しご》いた。

「…ぃ…っ」

はぐらかされることなくこすり上げられ、白い喉が反り返る。骨張った指の輪に、括れた先端を締められると腰が揺れた。

「二言《にごん》はナシだろ」

がぶりと、真っ直ぐな鼻梁《びりょう》に歯を立てられる。爪先《つまさき》を強張らせ、堪《こら》えようとしたが呆気なく性器が弾《はじ》けた。

「あ、あ、ぁっ……」

欲しくて仕方なかった射精《しゃせい》の衝撃に、びくびくと体が跳ねる。彌勒の手にあふれた精液の熱さに、下腹がぶるりとふるえた。

どれだけ吐き出しても、まだ足りない。

際限のない疼《うず》きに、壁伝いにずるずると、体が沈む。

茫然《ぼうぜん》とする目で、吉祥は自分に覆い被《かぶ》さる黒い影を見た。べたべたに汚れた性器を、彌勒が愛《いと》おしそうに撫で回す。弟の、手だ。まだあたたかい精液が、自分と彌勒とを汚していた。

「すっげー嬉しい」

蛍光灯《けいこうとう》が作る逆光のなかで、彌勒が笑う。

口元は歪んでいるが、その眼は真剣だ。

なにか言おうと、吉祥は唇を開いた。しかし乱れた息以外、言葉は出てこない。

荒い呼吸だけが、吉祥を責めた。

固い音が、眠りの被膜《ひまく》を叩く。はっと息を吐き出し、吉祥は目覚まし時計に腕を伸ばした。

「……っ……」

まだ濁《にご》る意識のなかで、重い瞼を瞬《しばた》かせる。黒く長い睫が、肉づきの薄い頬《ほお》に淡い影を落とした。健康的な吉祥の容貌において、その陰りはぞっとするほど艶《なま》めかしく映る。

重い眠気の底から見回した部屋の様子に、吉祥は違和感を覚えた。

暗い場所を嫌う吉祥は、夜眠る際も決して部屋の明かりを落とさない。それが何故《なぜ》、今朝《けさ》はこれほど薄暗いのだろう。

強張る自分の体を解こうとするが、上手《うま》くゆかない。この惨めな恐怖こそが、吉祥に染《し》みついた闇なのだ。

小学校三年生の秋からずっと、自分は同じ暗がりにいる。

眠気に浸《ひた》された自分の手足が、吉祥には急にちいさくなったように感じられた。小学三年生の吉祥は、今ほどの身長もなければ腕力もない。本当に、ただの無力な子供だった。

同じように幼《おさな》い弟の彌勒と共に、二人は祖父の家を訪れていた。広い屋敷と、近所に大きな雑木林を持つ祖父の家は、兄弟の気に入りの遊び場だった。粗大《そだい》ごみの不法投棄《ふほうとうき》に悩《なや》まされていた雑木林には立ち入りが禁じられていたが、好奇心旺盛《こうきしんおうせい》な子供がそんな言いつけを守るはずもない。

彌勒と連れ立ち、忍び込んだそこで、二人は大柄な男に出会った。顔は思い出せない。父親のように頑丈《がんじょう》な体をした男で、最初は雑木林に入ったことを咎《とが》めたが、すぐに二人と遊んでくれた。隠れん坊をしたのだと思う。鬼だった男は、早々と吉祥を見つけ出した。しかし残る彌勒を捜すことなく、男は吉祥の手を引いて雑木林の更に奥へ入った。

洗濯機や、冷蔵庫、自動車。様々なごみが転がる林を抜けると、大きな木が鬱蒼《うっそう》と茂る場所に出た。男はやさしく、その傍《かたわ》らに吉祥を座らせたのだ。

最初は楽しかったが、男の指が何度も首筋へ触れてくるうちに、不安が湧《わ》いてきた。立ち上がり、彌勒を捜しに行こうとした時、吉祥はそれを見つけた。

犬だ。

最初、すぐには気づかなかった。木の枝に引っかかった袋から、長い紐《ひも》がぶら下がっているのかと思った。

しかしそれが紐などでなく、黒く変色した腸《はらわた》だと知った時、吉祥は声をなくした。一頭だけではない。吉祥が立つ木には、蠅《はえ》が集《たか》る幾《いく》つもの塊が下がっていた。

足がないもの。頭を潰されたもの。焼かれて赤黒く爛《ただ》れたもの。

吐き気がする臭いを放つそれらが、大小様々な動物であることが判った時、吉祥は身動きができなくなっていた。

背後で、男が笑う。

もっと大きなものを、吊《つる》してみたい。

君みたいに、きれいな。

髪を鷲摑《わし》まれ、吉祥は悲鳴を上げた。それは男も同様だった。

角材を手にした彌勒が、男を殴りつけたのだ。

怒号を上げた男が二人を撲《ぶ》ったが、兄弟も懸命《けんめい》だった。手当たり次第にものを投げ、釘《くぎ》が飛び出た角材《かくざい》を振り回すと男が倒れた。

動かなくなった男から、一目散《いちもくさん》に逃げる。

死んだのだろうか。

雑草に足を取られ、転がりながら後ろを振り返ると、立ち上がる男が見えた。恐怖に、泣き声を上げる。獣《けもの》のような咆吼《ほうこう》を放ち、男が二人を追って走り出した。

大人と子供の足では、勝負は見えている。怒り狂う男から逃れるため、兄弟は粗大ごみの一つにもぐり込んだ。

そこは不法投棄されて間もない、車のトランクだった。

狭い空間で、体を折り曲げる。蓋が閉まると、闇が二人を包んだ。

本当に、まっくらだった。

口から飛び出しそうなほど激しく、心臓が鼓動《こどう》を刻む。

草を搔《か》き分ける音と、男の怒鳴り声が届いた。

捜している。

消えた二人を、男はずっと、捜していた。

しゃくり上げる嗚咽《おえつ》と恐怖に、体が揺れる。しかし声を上げて泣くわけにはいかない。

呼吸さえも止めて、二人は暗闇で折り重なった。どれくらいそうしていたかなど、覚えていない。ただ闇があっただけだ。

握り合う手の感覚が失せる頃、どこからが自分の体で、どこからが彌勒の体なのかなど、解らなくなっていた。

「…ぁ…」

動かない闇と、自分たちの汗の匂い。埃《ほこり》っぽい服でさえ口に入れたいほどの空腹。耐えきれず口を開いた吉祥の間近で、なにかが動いた。

「はぁ…、…あ…ッ……」

はっと現実に立ち返った吉祥の視界が、見慣れた私室の天井《てんじょう》を映す。ここは、暗いトランクではない。住み慣れた、自分の部屋だ。

そう自分に言い聞かせる間もなく、視界が陰る。真上から自分を覗き込んだものが信じられず、吉祥は悲鳴を上げそうになった。

「っ…!」

「うっす」

ぎょっとして体を起こそうとしたが、長い腕が巻きつく方が早かった。楽しげな声と共に、頑丈な体が覆い被さってくる。

弟の、彌勒だ。

「ひっでえ汗。怖い夢でも見た?」

かわいそうなお兄ちゃん、と、頭から布団《ふとん》を被った彌勒が頬へ触れた。

いつの間に、吉祥の寝台《ベッド》へ入り込んでいたのだろう。部屋の扉にはしっかりと鍵《かぎ》をかけ、椅子《いす》までもたせかけておいたはずだ。勿論、弟を閉め出すために決まっている。

昨日の駅での一件以来、吉祥は彌勒とまともに顔を合わせていない。どんな顔をしろというのだ。

それにも拘らず、彌勒は狭い寝台で、吉祥に張りつくように寝転がっていた。

「な…！　なにしてんだ、お前！」

「ナニって、おはよのキスして、べろべろに体舐め回して、やさしくインサートするコース希望に決まってんだろ。俺たちつき合って…」

言葉を皆まで言わせまいと、吉祥は弟の口に掌を叩きつけた。声を防《ふせ》ぎ取られ、彌勒がもごもごと口を動かす。

「黙れ！　なに下品なことを…」

「あー、お上品なお兄ちゃんはお品がいいのがお好みですかぁ。じゃー吉祥と……おファック…違うか、おセックス？　がしたい」

べろりと、彌勒の舌が吉祥の掌を舐めた。熱くぬれた感触に、ぎょっとして口を押さえていた手を放す。彌勒は昨日の一件を、なかったことにする気はないのだろう。その確信に、吉祥は言葉を失った。

「なんだそれは！　そもそもおをつけたくらいで、お前の脳味噌《のうみそ》の品位が上がるか、ばか！　ここをどこだと思ってるんだ！」

「色々都合のイイ、ベッドの上でーす」

兄弟が暮らすのは、広い二階建ての一軒家だ。両親の寝室は、一階にある。この時間、父もまだ家にいるだろう。同じく一階の台所《キッチン》で、朝食の準備をしているだろう母親の姿が脳裏《のうり》を過《よぎ》り、罵倒する声が低くなった。

「退け！　階下《した》には母さんたちがいるんだぞ」

「お気遣いなく。俺全っ然、気にしねえから平気よ」

彌勒がしなくても、吉祥は気にする。

否《いな》。彌勒も気にしなければならない。

世界は、自分たち兄弟二人だけで構成されているわけではないのだ。散々《さんざん》言い聞かせてきたその意味が、彌勒にはまるで伝わっていない。近すぎた自分たちの距離《きょり》が、これほどまでに異常な事態を招いてしまったのか。

「い、いいか彌勒、お前兄離れできないにもほどが……」

「なーんで離れなきゃなんねーのよ」

真顔で眼を眇めた彌勒が、吉祥の胸に掌を這わせる。

「っ…」

彌勒の掌の熱さに、びくりと体が竦《すく》んだ。薄い吉祥の胸には、女性のような膨らみなどない。それでも丁寧《ていねい》に胸の形を辿った指が、乳首《ちくび》を探り出そうと丸く動く。

「放……」

ぞくりと、そんな場所から感じたことのない痺れが湧き、下腹へ響いた。二人の体温を吸った布団のなかで、吉祥の腰が浮き上がる。青褪《あおざ》めた吉祥の耳に、扉を合図《ノック》する音が飛び込んだのはその時だ。

ぎょっとして、全身が硬直する。

「……待……!」

開けるなと、叫ぼうとしたが間に合わない。

がちゃりと開いた扉の向こうに、小柄な影が落ちた。

ほっそりとした母親はまだ充分若く、こんな大きな息子が二人もいるとは思えない。吉祥とよく似た形のよい唇が、部屋を覗き息を詰めた。

「あなたたち…」

驚きを隠さない声に、心臓が口から押し出されるかと思った。

「か、母さん、これは…」

「同じ部屋で寝たいなら、お布団敷いてあげたのに。二人で一枚じゃ、風邪《かぜ》をひくわよ」

おっとりと、母が笑う。一つの布団で密着する兄弟を、母は仲のよい証《あかし》だと思ったのだろうか。

頭上で、彌勒が冷え冷えとした舌打ちをもらす。

「イイとこだから、邪魔すんな」

母を睨む彌勒の双眸には、吉祥に向けられる甘えた気配など微塵《みじん》もない。

「なんて口の利《き》き方するんだ、彌勒!」

怒鳴り、吉祥は渾身《こんしん》の力で足を振り上げた。膝が脇腹にぶち当たり、彌勒が呻く。

「痛…ッ、テ、メ…」

「お、お兄ちゃん乱暴はやめて。ね。今日も吉祥は練習に出るんでしょ？　彌勒もご飯の用意できてるから、早く降りていらっしゃい」

母が部屋を出て行くのを確かめ、吉祥は彌勒を寝台から蹴り落とした。

「だから、こっちが先だつってんだろ、バ…」

尚も悪態《あくたい》を吐《つ》こうとする彌勒を、拳《こぶし》で殴る。

「ちゃんと母さんって呼べ。…それにこういう質《たち》の悪い冗談は、二度とするな」

「冗談じゃねーって言ったろ。昨日も」

殴られた頭を庇いもせず、彌勒がフローリングの床から吉祥を見上げた。底光る弟の双眸を受け止めきれず、吉祥は喘《あえ》ぐように視線を逸らした。

言いようのない罪悪《ざいあく》感が、舌の奥に広がる。

「……母さんが待ってる。早く、階下行くぞ」

呟《つぶや》き、背を向けた吉祥の肌に、痛みを映す視線が深く食い込んだ。


ばたん、と建付《たてつ》けの悪いロッカーを、勢いよく閉じる。客で混み合うアイスリンクの更衣室は、底冷えのする寒さのなかにあった。

「仁科君の真似《まね》」

分厚い手袋《グローブ》に包まれた手が、吉祥の肩に触れる。はっとして顔を上げると、眉間に皺を刻んだ白石《しらいし》和孝《かずたか》が立っていた。

「そ…そんな顔してます、俺？」

慌てて額をこすった吉祥に、白石が堪《こら》えきれない様子で破顔《はがん》する。

三十代前半の白石は、このリンクの従業員だ。休憩時間の今は、スケート靴《ぐつ》を履《は》き、赤いユニフォームを身に着けている。手にしていたＧＫ《ゴーリー》用のヘルメットを被ると、白石の笑顔は頑丈な装備の向こうに隠された。無骨な装備とは対照的に、白石は自ら小学生へアイスホッケーの手ほどきを買って出るほど、面倒見のよい人物だ。

「うん。美形が台なし。なにかあった？」

気さくに尋ねられ、吉祥の眉間が再び歪む。どんな思い遣《や》りを向けられても、昨日自分を見舞った出来事を告げることはできない。

帰宅途中の車内で同性の痴漢《ちかん》に遭った上、実の弟に告白されたのだ。しかもあろうことかその弟に触られ、自分は呆気なく射精した。思い出すだけで、金切り声を上げて走り回りたくなる。

「い、いえ…、なにも……」

「でもマジ元気ねえよ、吉祥」

低い声を絞《しぼ》り出した吉祥を、隣から酒井《さかい》義彦《よしひこ》が覗き込んだ。

「いいこと考えた！　俺と一緒にパァッと遊びに行かねえ？　すぐ春休みなんだしさ」

「抜け駆けかよ、酒井。仁科、こんな奴より俺と行こうぜ。卒業旅行とかさ」

ベンチでまんが雑誌を広げていた大木満《おおきみつる》が、勢いよく立ち上がる。

酒井も大木も、吉祥と同じ、アイスホッケーチームの仲間だ。彼らが通うリンクは古く、お世辞《せじ》にも広いとは言いがたい。だが初めてスケート靴を履き、スティックを持って以来、吉祥はこのリンクに通い続けてきた。

チームの練習は、週に一回。早朝や夜間など、一般滑走《かっそう》以外の時間を借り、アイスホッケーの練習をする団体は意外に多い。今朝は装備を持った者なら誰でも参加できる、ホッケー専用の時間が設《もう》けられていた。

「チビの大木とじゃ卒業旅行つーよりあれだ、引率《いんそつ》の仁科先生と、ペットの猿《さる》」

酒井の言葉に、着替えをしていたチームメートたちから笑いが上がる。

「誰が猿だ！　俺と仁科はタメだっつの！」

見えねー、とおどける酒井に、吉祥もようやく困ったように口元を綻《ほころ》ばせた。内容はともかくとして、酒井も大木も、自分を元気づけようとしてくれているのには違いない。

「心配させてごめんな。でも本当、大丈夫だから。ありがとう」

できる限りの笑顔を浮かべ、吉祥が装備の入った鞄《かばん》を担《かつ》ぐ。

「あれ、吉祥ここで着替えねーの」

「混んでるから、リンクで着替える」

手を振り、吉祥は足早に更衣室を出た。

「…春休み、か…」

一人呟く声に、皮肉な苦さが交じる。

土曜日の今日、学校は休みだ。週が明けるとすぐに授業も終わり、後は卒業式を残すのみとなる。

しかし吉祥は、開放的な気分に浸ることはできなかった。

こうしていても、目の前にちらつく残像がある。

好きだと、そう動いた彌勒の唇の形だ。

彌勒はなにを思って、あんなことをしたのだろう。彌勒が口にした好き、が、兄弟の親愛としての好きでないことくらい、吉祥にも解る。

あれは、親愛を遥《はる》かに逸脱《いつだつ》した行為だ。

すでに彌勒が、幾人《いくにん》もの女性と関係を持っていたことは、吉祥でさえも知っている。それが突然男の、しかも兄である自分の肉体に触れてくるなど、どんな理由があったのか。

闇の色が、眉間に蟠《わだかま》る。

暗がりで歪んでしまったなにかが、彌勒に肉親としての一線まで越えさせたのか。あるいは、と、吉祥は提《さ》げていた荷物を、見学席へ落とした。

同じ学校に進学できると言った彌勒の笑顔が、瞼に浮かぶ。

吉祥が受け取った合格通知は、二通。一つは彌勒と共に受験した、地元の公立高校のもの。そしてもう一つは、実家を遠く離れた、私立高校のものだ。

彌勒は吉祥が同じ公立高校へ進学することを、疑っていない。

まさか。

まさか彌勒が、吉祥の本当の進路を知っているなど、あり得るだろうか。

自分自身の想像に、鳩尾《みずおち》のあたりが重くなる。

吉祥が希望している進路は、公立高校への入学ではない。この春、吉祥は私立の学校へ進学するため、家を出て寮《りょう》に入る。

それは今更覆《くつがえ》しようのない決定事項だった。だが吉祥は家族でただ一人、弟にだけその事実を告白できていない。

両親にも、自分の口から伝えるまで黙っているよう念を押してある。

全ては、彌勒のためなのだ。

いつまでも、兄にだけ張りついていては暮らせない。今は近すぎる二人だが、距離が離れれば逆に彌勒も、あの忌《い》まわしい記憶を捨てられるのではないか。

別れるのは辛《つら》いが、それでも別々の高校への進学が、自分たちに利益をもたらすことを、吉祥は信じていた。だが自分から告げる以前に、彌勒が真実に気づいたのだとしたら。

背筋をふるわせ、吉祥は自らの考えを否定した。

もしそうだとしたら、あれほど屈託《くったく》なく笑うことができるだろうか。落胆《らくたん》し、あるいは激昂《げっこう》して拳を振るわれることはあっても、あんな遣り方で自分を打ちのめすとは思えない。

それならば何故。

「くそっ」

叫び、吉祥は自分の想像を振り払うように、手にしたスティックを振り上げた。拭いきれない残像を、斬《き》りつける。

「なーに暴れてんのお兄ちゃん。もしかして生理？」

間延びした声に、吉祥はぎくりとしてスティックを取り落としそうになった。

馴染《なじ》んだ足音が、近づく。

「…彌勒…！　お前、どうしてここに…」

振り返った視線の先に、寒そうに肩を竦め、ポケットに手を突っ込む弟が立っていた。

以前にも何度か、彌勒は吉祥についてこのリンクを訪れたことがある。まだ練習時間が始まっていないリンクは、人影が少ない。黒いコートを羽織《はお》った彌勒は、閑散《かんさん》としたリンクで、暗く不吉な影のように見えた。

「冷たくね？　つき合ってんのにさ、カレシ置いてくなんてのは」

恨《うら》みがましい眼をして、彌勒が唇を尖らせる。

「だ、だれが彼氏だ…！」

叫びそうになり、吉祥は慌てて言葉を呑み込んだ。

昨日洗面所で強《し》いられた羞恥《しゅうち》が、目眩《めまい》のように脊髄《せきずい》を脅《おびや》かす。初めての快楽に押し流されて、吉祥が口走ったどんな言葉も、有効とは思えない。そんなこと、彌勒にも解っているはずだ。

「二言はナシだろ？　あー、ねーねー、やっぱこいつのこと？　ガーターベルトって」

罵声《ばせい》を堪える吉祥を無視し、彌勒が足元を覗き込んでくる。

「最ッ悪。ちょー期待してたのにィ」

吉祥の足を守るのは、強化プラスチック製の防具と、それを覆うストッキングだ。ストッキングと言っても、女性が身に着ける薄手のものからはほど遠い。アクリル糸で編まれた、分厚いアイスホッケー用ストッキングを、愛想《あいそ》のないガーターベルトが固定している。

「…期待ってなにをだ。勝手に不気味な妄想《もうそう》をするな」

ばかばかしさを堪え、吉祥はストッキングがずり落ちないよう、ぐるりと巻かれたビニールテープを指で直した。

「もっとセクシーなヤツに替えよーぜェ。同じ黒でもレースとかよ、吉祥色白ェーから…」

耳元で囁き、彌勒が黒いベルトに掌を這わせてくる。ぎゅっと尻の肉を摑まれ、吉祥は取り上げたヘルメットで弟を殴った。

「痛ェ！」

「いい加減にしろっ、このバカ！　帰れっ」

「叩くなよ。つか照れるなよ。赤くなっちまって可愛スギだろお兄ちゃん」

口の減らない弟に、吉祥がヘルメットを握り直す。今度こそ減らず口ごと息の根を止めてやろうと、本気で振り上げたヘルメットを、彌勒が奪った。

「俺、吉祥には超ヤサシーから、これからはここの送り迎えもしてやるな。あ、でも春休みは出かけよーぜ。練習毎日はねーだろ？」

ワイヤーがはまったヘルメットを、彌勒が珍しそうに手のなかで眺《なが》め回す。

「リンクには来なくても、地上練習がある」

「自主練だろ？　帰ってからやれよ」

簡単に切り返され、吉祥は奥歯を噛《か》んだ。生活を共にする弟に、半端《はんぱ》な嘘《うそ》は通用しない。

「つか、もっと嬉しそうな顔しろって。デートのお誘《さそ》いよ、コレ」

「デ……」

またしても上げそうになった叫びを、吉祥は危《あや》ういところで堰き止めた。

「東伏見《ひがしふしみ》でホッケー観戦とか却下《きゃっか》な。吉祥が俺以外の男に黄色い歓声上げるの、超お断り」

リンクの手摺《てす》りにもたれ、彌勒が手にしたヘルメットを投げ上げる。再び受け止めた手のなかで、小気味よい音が響いた。

「…安心しろ。そもそも俺がお前に黄色い声を上げることは一生ない」

「おー、黄色い声よかベッドでイイ声上げてーってか。大胆なお兄ちゃんだね。オッケー。休み入ったら即デートな」

決定、と彌勒がヘルメットを放って寄越《よこ》す。勢いよく胸に飛び込んできたそれを、吉祥は両手で受けた。押し出されるように後退《あとじさ》った吉祥の背中が、なにかにぶつかる。

「…っ…、すみま……」

謝罪の言葉を、吉祥は反射的に呑み込んだ。

白いユニフォームに包まれた腕が、ふらついた吉祥を抱き留める。

「…き、気ィつけろよ、仁科」

驚いて顔を赤くする浅野知秀《あさのともひで》から、吉祥は慌てて体を離した。よりにもよって浅野にぶつかってしまうとは、間《ま》が悪い。

彫《ほ》りの深い顔立ちをした浅野は、二つ年上の先輩《せんぱい》だ。チーム内でも目立つ存在で、人気もある。だが残念なことに、吉祥はこの先輩が得意ではなかった。なにが気に入らないのか、ことあるごとに絡んでくるのだ。

「おいおい、またあいつ、連れて来たのか？」

彌勒に気づいた浅野が、顔をしかめる。何度顔を合わせても、挨拶《あいさつ》の一つもない彌勒を、浅野が面白く思っていないのには吉祥も気づいていた。

今日の彌勒もまた、会釈《えしゃく》もせず立っているだけだ。だらしなく手摺りに肘《ひじ》を預ける彌勒は、浅野を見返してはいるが、その眼にはなんの感情も浮かんでいない。全く取り合う様子のない態度が、浅野のような男をどれほど苛立《いらだ》たせるか、彌勒にも解っているはずだ。

「久しぶりだね。今日は弟君も一緒なんだ。弟君も装備着けて、滑ってみる？」

浅野の後ろに続いていた白石が、ヘルメットの奥から彌勒に声をかける。気さくな白石の言葉にも、彌勒は口を開こうとしない。

彌勒の態度の悪さに、吉祥は思わず大きく息を吐いた。せめて自分に向ける半分でも、機嫌のよい顔をしてくれたら。それがすぎた願いだと、吉祥は思いたくなかった。

「彌勒、折角誘って下さってるんだ。返事くらいしないか」

「あー俺興味ねーし」

強く促した吉祥に、彌勒がだらしなく応じる。

「お前、その年になっても兄貴としか話ができねえのか?」

彌勒を睨《ね》めつけ、浅野が大きく舌打ちをした。語気の強さに、白石が隣に立つ大木と不安気な視線を見交わす。しかし彌勒は煩《わずら》わしそうに、浅野を見返しただけだ。

「無視してんじゃねえぞ!」

取り合う様子のない彌勒に、浅野が顔を歪め踏み出す。

「ま、待って下さい、浅野さん」

「どいてろ、仁科」

まずいことになった。二人の間に割って入ろうとした吉祥の肩を、浅野が払い除《の》ける。吉祥を押し遣った浅野の腕を、彌勒が眼の動きだけで見下ろした。

「部外者は帰れ。目障《めざわ》りなんだ」

怒鳴り、浅野が勢いよく彌勒の肩を突き飛ばす。しかし彌勒の長身は微動《びどう》だにしない。

「てめ…」

色をなした浅野を見返し、彌勒がゆっくりと手摺りから体を起こした。

スケート靴を履いていない彌勒は、吉祥たちより拳一つ視線が低い。それにも拘らず、真っ直ぐに向き直った彌勒の影は、不気味に大きく目に映った。

それは浅野にとっても同様だったのだろう。一歩を踏み出した彌勒に、浅野が気圧《けお》されたように息を呑んだ。

「な、なんだお前、文句が…」

怒鳴る浅野を見据《みす》えたまま、彌勒が腕を伸ばす。身構えた浅野を無視し、長い腕が吉祥の肩を捕らえた。

「彌…」

驚いた吉祥の首に、彌勒の腕が巻きつく。引き寄せられ、吉祥の背中に彌勒の胸板がぶつかった。

「俺が吉祥とラッブラブなのがウラヤマシーんだろ」

吉祥の背中に体重を預け、彌勒がにやにやと笑う。

「なんだと…」

「相手にされてねーのにいっつも吉祥の周り、うろついてやがるもんなァ。吉祥ネタに、毎日チンコいじってんじゃねーの?」

彌勒は、決して声を荒らげない。それにも拘らず、にやつく声は毒々しく響いた。

「な…」

ぎょっとして、吉祥が身を乗り出す。強烈《きょうれつ》な侮辱《ぶじょく》に、浅野の顔にどす黒い血の色が上るのが判った。

「やめろ、彌勒」

吉祥の制止を聞かず、くっくっ、と楽しそうな息が首筋をくすぐる。

「消えちまって下サーイ。目障りなのはテメーの方だっつの」

吉祥を押し遣った腕が浅野へ伸び、その襟首《えりくび》を摑んだ。

「ぐぁ…」

力任せに引き上げられ、浅野の体が易々《やすやす》と揺れる。

白石や大木は勿論、吉祥さえ止めに入る間もない。よろめく浅野に、彌勒が拳を固める。

「彌勒！」

感情を殺《そ》いだ彌勒の眼の奥に、暗い光が燃えていた。

それは全てを呑み込み、破壊する底のない情熱だ。弟の腕を掴んだ吉祥の背に、ぞっと悪寒が走る。

「やめろ！　離すんだっ」

斧《おの》のように拳が振り下ろされようとした時、がつんと大きな音が轟《とどろ》いた。

一同の視線がリンクを振り返る。打ち出されたパックが、強化プラスチックの手摺りにぶち当たったのだ。

「氷室《ひむろ》」

呻くような声が、吉祥の唇からもれる。彌勒もまた、拳を固めたままリンクを見た。細かな氷の飛沫《しぶき》をまき散らし、長身の選手が手摺りの縁《へり》を横切る。

「パス練習やらねえか？」

氷室神鷹《かみたか》のスティックが、氷上に落ちたパックを掬《すく》った。

頑丈な防具を身に着けていてさえ、氷室の体はよく撓《しな》る鞭《むち》を思わせる。真っ黒な髪に、氷より冷たい眼をした氷室は、吉祥と最もつき合いの長いチームメートの一人だ。

「あ、ああ」

はっとして、吉祥は一も二もなく頷いた。

「ど、どうせならミニゲームにしよう。片面だけ使って、俺と浅野君対、君たち三人で」

上擦る声で、白石が大木を促す。呑まれたように突っ立っていた大木が、慌ててリンクへ降りた。

「ほら、浅野君も」

白石に触れられ、弾かれたように浅野が彌勒から体を引き剝《は》がす。

「お、俺はいい！」

吐き捨て、落としたスティックを拾うこともせず、浅野は更衣室へ走って消えた。

「助かった。氷室…」

浅野の背中を見送り、吉祥が氷室を振り返る。同じように浅野を眺めていた氷室が、眼鏡の奥で笑った。

「いくら払う？」

友人の親密さなどまるでない笑顔に、吉祥が渋面《じゅうめん》を作る。

「……こんなことにも金を取る気か。今度固定用のビニールテープやるから勘弁《かんべん》しろ」

「安ッ。でも俺は吉祥に甘《あめ》ェから許してやるか。お前の弟、目障り呼ばわりする根性もねーしな」

垂直《すいちょく》に立てたスティックに両手を載《の》せ、氷室が彌勒に目を向ける。

「聞いてたのか、お前」

氷室は自分たちから、随分《ずいぶん》離れた場所に立っていたはずだ。それにも拘らず、会話を聞かれていたのかと思うと、今更ながらこの友人の地獄《じごく》耳が恐ろしくなる。きっと氷室は、必要なことならば、リンクに落ちた針の音さえ聞き逃さないだろう。

「無知ってのは恐ろしいな。あの仁科彌勒相手に喧嘩《けんか》売ろうなんて。浅野は学校が違うから、仕方ねえか」

「やめろ、そんな話」

氷室自身、吉祥とは学年は同じだが、学校は違う。それでもつき合いの長い氷室は、自分たち兄弟の事情に通じていた。

声を荒くした吉祥の肩口に、彌勒が耳を押し当ててくる。その眼は不機嫌《ふきげん》ながら、先程《さきほど》の苛烈《かれつ》なまでの輝きは失せていた。

「俺が来なけりゃ乱闘《らんとう》だったろ。賭《か》けてもいい」

「余計な世話焼いてんじゃねーよ。クズ」

肩口でもらされた声音に、吉祥はぎょっとしてその主を見た。低い彌勒の声は双眸と同様、感情の抑揚《よくよう》に欠けている。

「彌勒！　喧嘩はしない約束だろう。お前からもちゃんと、氷室に礼を言え」

腰を抱いてくる彌勒の手に、吉祥は自分の手を重ねた。手袋の感触を嫌ったのか、彌勒が吉祥の顔に腕を伸ばす。頬骨に触れた指は、氷のように冷たい。

「弟もホッケーやれよ。氷の上なら、好きなだけ相手ぶちのめせるぞ」

手摺り越しに、氷室がスティックの柄《え》で彌勒を小突いた。

「氷室ッ」

吉祥に睨まれ、氷室が肩を竦め手摺りを離れる。溜め息を吐き、吉祥は真正面から彌勒を見た。

「騒ぎを起こすなら帰れ。…どうしても残りたいなら、風邪ひかないよう採暖室《さいだんしつ》にいろ」

いいな、と念を押しリンクへ降りる。

途端に、世界が加速を増した。金属の刃《エッジ》が氷を捉えた瞬間、吉祥は全ての制約から解き放たれる。

振り返ると、遠く手摺りにもたれる彌勒が見えた。吉祥に気づき嬉しそうに手を振った体が、揺れる。くしゃみをしたのだ。

「あいつ…」

「よく躾《しつけ》てあるな。ま、いつ飼い主に嚙みつくか油断《ゆだん》ならねえ狂犬だけどよ」

いつの間にか真横に並んだ氷室が、吉祥の視線を追う。

「…いい加減にしろ。あいつ、今はちゃんとしてるんだ。卒業もできたしな」

体を翻《ひるがえ》した氷室が、ゴール前のメンバーからパックを奪った。長いパスが、吉祥に繋がる。

「へえ、本当か？」

吉祥の真後ろを滑り抜け、氷室が眉を吊り上げた。

「最高に嬉しいぜ。俺、お前の弟が卒業する方に賭けてたんだ。高配当だ。理由はなんだ。あんだけ荒れてた奴が更生《こうせい》するとはよ」

荒れていた。

弟を賭の対象にされていたことよりも、吉祥はその言葉に顔を歪めた。しかし否定することはできない。氷室が言う通り、以前の彌勒の素行《そこう》は決してよいものとは言えなかった。

勢いよく削《けず》られる氷の音を聞きながら、唇を嚙む。高く響くそれは、狂ったような悲鳴を思い起こさせた。

彌勒の素行は、よくなかったのではない。最悪だったのだ。

中学に上がる頃にはすでに、彌勒は得体《えたい》の知れない連中とつき合い、学校を休みがちになっていた。両親と何度も衝突《しょうとつ》を繰り返したが、そんなものも彌勒を止める力にはならなかった。家中に張り詰めていた緊迫《きんぱく》感と母の悲鳴が、耳の奥で反響する。

喧嘩を繰り返していた彌勒が、脱衣所に血のついた服を脱ぎ捨てていた回数を、吉祥は思い出すことができない。そのほとんどが彌勒の血ではなかったが、なにを聞いても、弟はへらへらと笑うばかりだった。

あの日々を思うと、今の日常の穏やかさが信じられない。度がすぎているとはいえ、笑顔で兄に懐《なつ》く彌勒と、夜の街で暴力に明け暮れる弟とでは、その変化の差は歴然としていた。

意識せず、視線がリンクの縁を追う。手摺りにもたれる彌勒が、もう一度くしゃみをした。

険《けわ》しさのない弟の顔に、胸が疼く。

過去に彌勒を囚えた闇の色は深く、暗い。だが夜の街から家庭に戻ったように、きっとこれから先、兄以外の世界を広げることもできるはずだ。

微かな希望を握り締めるように、吉祥は黒いパックを打ち出した。

冬特有の白く濁った空が、頭上を覆う。それでも降り注ぐ陽射《ひざ》しは、澄《す》んであたたかだった。

「あンま大したことねーのな、三回転つってもよ」

ジェットコースターの降車口から、興奮した客たちが吐き出される。白い金属製の階段を降り、彌勒が吉祥を振り返った。

まだ寒い季節だったが、彌勒は分厚く重たげな衣類を好まない。羽織ったコートも、彌勒に似合う身軽なものだ。わざと目立たせた縫《ぬ》い代《しろ》や、解《ほつ》れた裾《すそ》の始末に遊び心がある。すれ違う人の視線が彌勒を振り返ってゆくのは、いつものことだ。服装のせいなどではない。真っ直ぐに伸びた長身や仕種《しぐさ》の一つ一つに、彌勒には人の目を惹《ひ》きつける力があった。

彌勒とは対照的に、平凡な自らの足元を見下ろす。吉祥が身に着けるのは、薄茶《キャメル》のコートにジーンズ、蜘蛛《くも》の巣柄のニットだ。絹《シルク》が混ざるニットは軽いがあたたかく、肌触りがいい。ゆったりと体に沿う様子が似合うと、彌勒がくれた服だった。

「つかつまんねー。吉祥全っ然きゃーきゃー言わねーし。いやあん、彌勒怖ァいっつって、抱きつくれーしてもよくね？」

本気で顔を歪める彌勒に、吉祥が頭を振る。

「変な声出すな、お前の方がよっぽど怖い。それにこれ以上回転されたら、酔《よ》いそうだ」

呟いて、吉祥はたった今自分たちが降りてきたジェットコースターを振り返った。くすんだ空を背に、白いレールが複雑な軌道《きどう》を描いている。

遊園地に来たのなど、何年ぶりだろう。

卒業式前の言葉通り、彌勒はデートデートと連呼《れんこ》し、吉祥を隣県に連れ出した。行き先の不安から、途中何度も逃げ出そうとして捕まった吉祥だが、遊園地の入場門《ゲート》に立った時には、心底驚いた。まさか彌勒がこんな場所に来たがるとは、夢にも思わなかったのだ。

「ばっか、あんなで酔うかよ。禁じ手でホラーハウスとか入っとくか。あれならお前、しがみついてくんだろ」

「一人で行け。俺はあれにでも乗ってる」

近くにあった乗りものを、吉祥が適当に指す。作りものの幽霊《ゆうれい》が、怖いわけではない。それは彌勒もよく知っているはずだ。

建物の入り口から延びる列の最後尾《さいこうび》に着き、吉祥は園内の地図を広げた。

「スプラッシュナントカ…って、吉祥あれできゃーきゃー言ってくれんの?」

「誰が、きゃーき……」

眉を寄せた吉祥の言葉が、くしゅん、と、大きなくしゃみで打ち消される。自分が上げたくしゃみに驚いていると、彌勒がそれ以上にびっくりした眼で吉祥を覗き込んだ。

「…くしゃみしろとは言ってねーだろ」

「うるさい。俺も好きで……」

もう一度、くしっ、とくしゃみが弾ける。眉を寄せた彌勒が、銀の指輪がはまる指で二人が並ぶ列を指した。

「すぐ戻っから。この列から絶対《ぜって》ェ動くんじゃねーぞ」

吉祥の返事を待たず、彌勒が客を誘導するために巡らされた綱《ロープ》を長い足で跨《また》ぐ。

「おい、彌勒……」

声をかける間もなく、軽やかに飛び出した彌勒の長身が、人込みに紛れた。

「どこ行く気だ、あいつ…」

彌勒が気分屋なのは、いつものことだ。眉根を寄せ、吉祥は凍《こご》えた指先を擦り合わせた。手袋を持って出なかったことを、今更ながら後悔する。

白い息を吐きながら、吉祥は雲に包まれて尚、やわらかに輝く太陽を見上げた。屋外型の遊園地は気温こそ低いが、開放感がある。暗く閉塞《へいそく》的な場所を好まない吉祥にとっては、それだけで心地好《よ》い。

春休み期間内ということもあり、園内には親子連れや、吉祥のような学生があふれている。列を見回した吉祥の目が、一組の男女で留まった。

額を寄せ合い、楽しげに歓談している二人の右手と左手は、堅く握り合わされている。彼ら以外にも園内には手を繋ぎ、あるいは肩を抱き合う男女の姿が目立った。

デート、という言葉が胸を撫で、吉祥の眉間に苦痛が過る。

甘く浮き足立つようなその響きも、弟と自分の間では触れてはいけない、焼けた石のようでしかない。罪悪感に、吉祥は冷たさを増した指を握り締めた。

告白があったあの日から、彌勒は今まで以上のしつこさで自分に抱きついてくる。

残り、二週間。

新学期が始まれば、自分たちの距離は物理的に開く。風呂に入る際に弟の侵入を恐れ、厳重《げんじゅう》すぎるほど扉を閉ざしたり、口吻《くちづ》けを避《よ》けようとして階段から転がりかける、そんな異常な状況から解放されるのだ。

だがそれ以前には、別々の学校に進学する事実を告げなければならない。受験の日時を考えれば、交際を避《さ》けるために別の学校を選んだわけでないことは、彌勒にも解るはずだ。自分と離れることが、彌勒にとって利益になると確信していても、いざ弟を説得するとなると、気が重くなる。

話し合うどころか、悪くすれば拳の応酬《おうしゅう》になりかねない。本気で殴り合えば、どちらに軍配《ぐんばい》が揚がるかは吉祥にも解らなかった。

長い睫を伏せ、アスファルトを凝視する。

彌勒はまだ、戻らない。このまま列が進んでも、自分は一人なのではないか。凍えた指先を握った背中に、なにかがぶつかった。

「っ…、…わ…っ」

ぎゅっとしがみつかれ、痛いくらいの衝撃に声が出る。振り返った視界に、枯れ葉色の髪とピアスの痕《あと》が残る耳朶《じだ》が映った。

「こ、こら彌勒…!」

身動いだ吉祥に、彌勒が腕をほどく。軽々と綱を飛び越え、駆け寄った彌勒を周囲の客たちが振り返った。飛びつかれた吉祥もまた、微かに息を乱す弟から目を逸らせない。

「…ンな顔してんなよ」

上目遣いに吉祥を睨み、彌勒が吐き捨てる。

「顔…?」

「俺がいなくて、サビシーって面《つら》?」

真顔で舌打ちされ、吉祥はかっと頬に血を上らせた。

「な…っ、なにをお前…」

「すぐ戻るつったろ? 俺を信頼してよ、お兄ちゃん」

唇を引き結んだ彌勒が、手にしていたものを突き出す。頬に触れた熱さに、吉祥はびっくりして抗議の声を呑み込んだ。

「わ…っ。な…」

「微糖《びとう》コーヒー。好きだろ」

手渡された缶に、吉祥が目を見開く。

「あ? ナニ、無糖とか、烏龍茶《ウーロンちゃ》とか、そっちの方がよかった?」

思わずじっと缶を見た吉祥を、彌勒が眉を寄せて覗き込んだ。

「い、いや、これでいい」

慌てて首を横に振り、弟と缶とを見比べる。

気紛れでは、なかったのか。くしゃみをした吉祥のため、彌勒はわざわざあたたかい飲みものを買いに行ってくれたのだ。

「……ありがとう」

感謝の言葉が、喉の奥で低くなる。

彌勒が買い求めてくれたのは、吉祥が一番好きなコーヒーだ。こんなふうに気遣われるとは、想像だにしていなかった。

考えてみれば、彌勒が遊園地を訪れたのも、同じ理由なのかもしれない。思い至った途端、吉祥は手にした缶を取り落としそうになった。

明るい場所を好む吉祥のために、彌勒はここを選んだのではないか。それはすぐに確信となって、吉祥の喉を塞いだ。

恩着せがましい言葉の一つも口にしない弟に、自分はなにをしてやれただろう。あたたかな飲みもので暖を取る気遣いもせず、告白すべき秘密を抱え続けているだけではないか。

「だからよ、なんでンな顔するワケ。やっぱ他のがよかったんじゃね？」

「そんなじゃない」

「…だーかーらー、んな寂しそーに笑うな。キスすんぞ」

低く唸られ、吉祥がはっとして弟を見る。飛び退こうとした吉祥の首に、長い腕が巻きついた。

「こ、こら！　やめ…」

「いいなーそのでっかい口。ベロチューに最適。つかしてやる。サセロ」

強い力で引き寄せられた吉祥の体が、彌勒の腰にぶつかる。がつん、と堅い音が響き、吉祥は驚いて視線を巡らせた。

見下ろした彌勒のポケットが、不自然に膨らんでいる。吉祥の視線に気づき、はっと彌勒が体を離した。

「おい彌勒……」

「な、なんだよ吉祥。近寄んな」

彌勒が身を翻すより早く、吉祥がその胸倉《むなぐら》を摑み、ポケットへ手をねじ込む。

「あ…！」

指先に触れた熱さに、吉祥は声を上げた。コートのポケットに突っ込まれていたのは、まだ熱い缶コーヒーだ。それも一つではない。

「…どうしたんだ、これ…」

両手で彌勒のコートを探れば、次々と紅茶や烏龍茶の缶が出てくる。観念したように、彌勒が顔を歪めた。

「……俺の分に決まってんじゃん」

「こんなにたくさんか？　飲めないだろう」

真顔で尋ねた吉祥に、彌勒が眉を吊り上げる。恐ろしげな形相《ぎょうそう》だが、その顔は真っ赤だ。怒りのせいだけではない。

「……無糖コーヒーに、ミルク入りに…烏龍茶、…ココアまで…って、まさか、彌勒…」

手のなかの缶に、吉祥が目を瞠る。まさか吉祥の好みに合わせるため、弟は手当たり次第に飲みものを買い求めて来たのだろうか。

「俺が飲むつってんだろ。飲みてーんだよ、十本くらいっ」

言葉を失う吉祥から、彌勒がコーヒーを奪う。こんなにむきになっている彌勒を見るのは、久しぶ

りのことだ。

余程急いで戻って来たのか、どの缶も少しも冷めていない。彌勒がこれほどたくさんの缶をコートに詰めて走って来たのかと思うと、感謝していいのか、呆《あき》れていいのか解らない。

「…クソッ、テメ、なに笑ってんだよっ」

悔《くや》しそうに指摘されて初めて、吉祥は自分の頬がゆるんでいることに気づいた。

堪えきれず、声を上げて笑う。

「ムカツク！　犯《おか》すぞ、テメ…ッ」

「ありがとう」

怒り狂う彌勒に、吉祥は真っ直ぐな礼を向けた。先程とは違い、穏やかな声がするりとこぼれる。

「すごく、嬉しい。本当に、ありがとうな」

秘密の計画を見咎められた子供のように照れる彌勒は、幼い日に手を繋いだ弟そのものだ。闇に歪められる以前の大切なものが、自分たちを繋いでいる。その確かさは、吉祥の胸を幸福に満たした。

「………オ、オウ。……マジ微糖でいいのかよ。他の、いらねー？」

まだ笑っている吉祥に、彌勒が悔しそうに口元を歪める。眩《まぶ》しそうに眼を細め、缶を示した彌勒へ、吉祥は首を横に振った。

「これがいい。……でも彌勒、やっぱり少し、買いすぎだぞ？」

「………あー、テメェ、マジムカツク」

兄の顔で窘《たしな》めた吉祥に、舌打ちをした彌勒が掌を重ねる。

「どうしたんだ？」

缶を持つ手を、骨張った掌で包まれ、吉祥は弟の顔を覗き込んだ。

熱い缶を運んだ彌勒の手は、驚くほどあたたかい。缶と彌勒の手とに挟まれ、吉祥の両手は瞬く間にぬくもりを取り戻した。

「…ばっかみてーな話してたら、どっと疲れちまった。クールダウン」

つか、お兄ちゃん手ぇ、冷たすぎ。

ぬくもりを移すよう、掌を撫でた彌勒の眼が、なにかを思い出してか微かに笑う。

「……そーいやよ、昔肉まん買った時とか、よくこーしたよな」

「…そういえばそうだったな。一つだけ買って、半分に分けたんだっけ」

唐突《とうとつ》な彌勒の言葉に、吉祥もちいさく笑った。肉まんに限らず、年の近い兄弟は、なんでも半分に分け合った。勿論分けたくないものもあったが、そうすることが兄の務めだと、吉祥は信じてきた。

「お前、ちゃんとでっかい方俺にくれんのな」

「そうだったか？」

「そーそー。…分けずに、全部くれたこともあったじゃん」

彌勒の唇に、見たこともない笑みが浮かぶ。瞬時に掻き消されたその笑みの意味を、吉祥は知りたいと思った。だがそれを問う代わりに、缶を握る指に力を込める。

「……あのな、彌勒。実は、俺……」

今なら、切り出せるかもしれない。

乾いた唇を舐めた吉祥の背後で、甲高《かんだか》い声が上がる。それはすぐに、彌勒、という呼びかけに変わった。

「うっそ、彌勒？　なんでこんなとこにいんの」

少し掠れた女の声に、吉祥が視線を巡らせる。茶色の髪をした少女が、綱の向こうから大きく手を振っていた。年齢は吉祥たちより少し年上だろうか。入念に化粧を施《ほどこ》した容貌はうつくしく、大人びて見えた。

「超久しぶりじゃん！　最近顔見ないって話だったけど、生きてたんだァ」

よろめきながらも、少女が綱を跨ぎ近づいて来る。真っ白な毛革の上着に、踵《ヒール》の高いブーツを身に着けた少女からは、夜の喧騒《けんそう》の匂いがした。彌勒の肌に染みるものと、同種の匂いだ。

「彌勒、友達か？」

小声で尋ね、弟の掌から吉祥が手を引く。

「なわけねーだろ」

手の動きを眼で追った弟が、鼻面《はなづら》に皺を寄せた。少女を振り返った彌勒の双眸からは、一切のぬくもりが失せている。

「ナニお前。なんか用？」

愛想なく尋ねた彌勒の肩に、少女が腕を伸ばした。体を押しつけるようにしなだれかかる動きは、媚《こ》びるというより気楽な仕種だ。その気安さに、却《かえ》って吉祥はぎょっとしたが、彌勒は身動ぎ一つしない。こんなふうに女性と接することも、彌勒には特別なことではないのだろう。

「えーっ、やーだァ冷たくない？　てかこっちの人、誰？　友達？」

「俺の兄貴。解ったら消えとけ」

彌勒の返答には、まるで熱意がない。今すぐにでも、少女との会話を打ち切りたいと言いたげだ。

しかし少女は気にした様子もなく、アイシャドーに彩《いろど》られた瞳を見開いた。

「マジで？　お兄さんとかいたんだ。全然似てないけど超美形じゃん。彌勒並に足長いし、カッコイー」

彌勒の肩から身を乗り出し、少女が腕を伸ばす。吉祥へ触れようとした指先に、彌勒の双眸がすいと細められた。

やばい。

本能的な警鐘《けいしょう》が、吉祥の肺《はい》を蹴った。

「ね、今日はお兄さんと二人なの？　あたしもエミと来てんだ。どう、一緒に回……」

光る石がちりばめられた爪が、吉祥の肩に触れる。吉祥が身を引くより早く、彌勒の腕が少女の手を捻《ひね》り上げた。

「彌勒っ」

吉祥の怒声に、きゃあああ、と高い少女の悲鳴が重なる。周囲の客たちが、何事かと振り返った。

「気安く触ってんじゃねえよ、ブス」

吐き捨てられた声の冷たさに、少女が苦痛に歪んだ目をいっぱいに見開く。

「やめろ！　彌勒っ」

叱責《しっせき》し、強引に引き剥がすと、彌勒の足元へ少女がへたり込んだ。

「大丈夫？　ごめん、怪我は……」

「ンなヤツ放っとけよ」

　少女に駆け寄ろうとした吉祥の肩を、彌勒が摑む。いつの間にか、吉祥はゆっくりと進んだ列の先頭に辿り着いていた。

「いい加減にしろ、彌勒、女の子に……！」

　抗議した吉祥の傍らで、少女が肩を庇いながら立ち上がる。

「ムカツク…ッ、痛ぇだろ、死ね、クソ野郎！」

　口紅《グロス》で輝く唇から、口汚い罵声が飛び出した。思わず目を剝いた吉祥の隣で、彌勒が舌打ちをする。

「その不細工な面、整形してやろーか」

　拳を固めて見せた彌勒に、少女がひっと、声を上げて駆け出す。人込みを掻き分け走り去る後ろ姿を、吉祥は茫然と見送ることしかできなかった。

「気分悪《わり》ィ。あのブス、吉祥に色目使いやがって。あんな女、触るとマジ性病感染《うつ》るぜ」

　汚いものに触ったとでも言いたげに、彌勒が舌打ちをする。罪悪感の欠片《かけら》もない彌勒を、吉祥は怒りを込めて振り返った。

「ンな怖い顔すんなよお兄ちゃん。マジで殴るわけないでしょ。もうケンカしませーんって、吉祥と約束したじゃねーの。信用してよ」

　肩を竦めて見せる仕種とは対照的に、彌勒の双眸は暗く静まり返っている。なんの感情も映さないそれは、浅野に向けられたものとまるで同じだった。

相手が男であろうが女であろうが、彌勒は頓着も躊躇《ちゅうちょ》も、そしてどんな呵責《かしゃく》も感じないのだ。

「お、来たぜ、ボート」

吉祥の肩越しに、彌勒が滑り込んできたボートへ眼を遣る。とっくに急流下りを楽しむ気分ではなかったが、吉祥は唇を引き結び、二人乗り用のボートへ向かった。後に続こうとした彌勒を、肩を突いて退《しりぞ》ける。

「来るな。俺は一人で乗る」

驚き、顔を歪めた彌勒の鼻先で、吉祥は係員を促し、ボートの入り口を閉じさせた。

「な…！　おいテメ、吉祥！」

困惑した係員と、彌勒の怒鳴り声が背後に残る。

構わず、吉祥は狭い座席で水路を睨んだ。小川に見立てられた水路の下には、金属の線路《レール》が延びている。滝は屋外に作られているが、そこまでは屋内を移動するようだ。

「くそ…っ…」

動き出したボートの上で、低く毒づく。水路には緑の丘と青い空とが、明るい色調で描かれている。一年中咲き続ける造花や動物たちが、滝に至るまでの物語を演出していた。だがそれも今の吉祥の目には、憂鬱《ゆううつ》な作りものにしか映らない。

少女の腕を捻り上げ、浅野を殴り伏せようとした彌勒の姿が、まざまざと脳裏に浮かぶ。

「彌勒の奴……」

頭を振り追い払おうにも、水の匂いに混じり、いつか嗅《か》いだ苦さが鼻先を掠めた。

煙草《たばこ》の、匂いだ。

夏休みの終わり、彌勒に会うため訪れたクラブで、嗅いだ匂いだった。もうあれから、半年が経《た》つのか。

煙草の悪臭《あくしゅう》が立ち込める部屋に、彌勒はいた。従業員用の休憩室だったのかもしれない。

突然の吉祥の訪問に、彌勒は驚いていたようだ。早朝の明るい時間とはいえ、吉祥が満足に窓もない建物に現れたことにびっくりしたのだろう。だが同時に、うんざりもしていた。両耳に幾つものピアスを光らせる彌勒には、吉祥の訪問の意味が解っていたはずだ。

前の晩、彌勒は近くで喧嘩をし、相手に大怪我を負わせていた。警察沙汰《ざた》にならなかったのが不思議な一件で、彌勒も馴染《なじ》みのクラブに担ぎ込まれていたのだ。

匿《かくま》われていたと言うべきか。妙に耳聡《ざと》い友人に教えられ、吉祥は両親より先にそれを知った。

無言で立つ吉祥に、彌勒はにやつきながら、喧嘩相手は死んだか、と尋ねた。幸《さいわ》い相手は生きていて、病院や警察に届け辛い事情があったのか、コンクリートに大量の血痕《けっこん》を残していただけだ。

報復《ほうふく》する気が起きないくらい、徹底的に殴るのがいつもの彌勒の遣り方だった。だが吉祥は気づいていた。彌勒はいつだって、相手が死んでも構わないと思っているに違いない。

もうやめてくれ、と吉祥は本気で懇願した。

彌勒が問題を起こすのは、勿論これが最初ではない。しかし吉祥が弟を訪ねてまで説得したのは、この時が初めてだった。

自分たちを襲《おそ》った闇は、あまりにも深い。

だからといって、いつまでもこんな暮らしを続けることはできない。家で寝起きをして、学校に行って、まともに進学をしよう。

お願いだ。

今からでも、遅くない。

人を殴りすぎ、赤く剝けた彌勒の拳に触れた時、弟の眼がどうしようもない苦痛に歪むのを吉祥は見た。

彌勒の内側にも、葛藤《かっとう》はあったのだろう。吉祥は、そう理解した。

自分の言葉だけが、彌勒を家に帰らせたとは思えない。しかし弟は、あの日以来夜の街を離れ、ピアスを外した。一度打ち解けてしまえば際限なく、強く強く兄に縋るようになったのもあの時からだ。

一緒に学校へ通い、勉強に取り組みもした。

公立高校の合格通知を手に入れ、これで吉祥と同じ学校に決まった、と彌勒が喜ぶまで、吉祥は自分の言葉の重さに気づかなかった。

気づかない振りをしてきたのだ。

本当に、愚《おろ》かだった。

この瞬間も自分の内側にあるのは、どうしようもない罪悪感だけだ。彌勒のためだと言いながらも、進路について告白できないのは、弟を落胆させ、その信頼を失うのが怖いからだ。

呻き、吉祥は一人きりの座席で、薄い唇を嚙み締めた。寒くなどないはずなのに、コートの上から両腕をさする。

「……っ…」

息苦しい。

こんなにも長く、屋内を移動するとは思わなかった。しかも入り口からは想像もできないほど、この水路は暗すぎる。

暗い場所は、嫌いだ。苛々と、眉をひそめた吉祥の体が、がたん、と揺れる。驚いて周囲を見回すと、前方のボートが動きを止めているのが見えた。吉祥が乗るボートもまた、止まっている。

「…ぁ……」

出口が近いのだろう。水路の両脇からは色彩が失せ、ごつごつした岩ばかりが目立った。

「な……」

牧歌《ぼっか》的な音楽に乗って、水路が混み合っている旨《むね》の放送が流れる。安全のため、ボートが進む間隔《かんかく》を調整しているようだ。

「嘘…だろ…」

呻き、吉祥は自分を座席に固定するベルトへ、無意識に触れた。

ゆっくりと、視界が暗さを増してくる。屋内の照明が弱くなっているわけでないことは、吉祥にも解った。

これ以上は、まずい。

濁ってゆく視界のなかで、吉祥は自分の荒い呼吸を聞いた。ぴんと伸びていたはずの背が、いつの間にか圧迫に負けて丸くなる。

押し潰される。

真っ黒な闇が、世界を覆い始めていた。

吉祥を苛《さいな》む、暗闇の世界だ。

「……て…」

明かりが、欲しい。

天井の圧迫感に、堅い音を立て奥歯がぶつかり合った。ゆっくりと、吉祥を乗せたボートが動き始める。それに気づいても、吉祥の喉を絞めつける恐怖はゆるまなかった。

たすけて。

闇が、あの時の暗闇が、自分を窒息《ちっそく》させる。

「あ…」

ようやく途切れた天井の向こうに、外界の明るさが口を開けた。光に目を焼かれる間もなく、体が浮く。

落下の加速と水の飛沫とが、体に当たった。

「…ぁ、は…ぁ…っ、は……」

滝を滑り降りても、声一つ上げられない。暗闇から吐き出された形のまま、ボートに蹲《うずくま》る。

ふるえることしかできない吉祥の肩に、強い痛みが食い込んだ。

「吉祥っ。おい、大丈夫か？」

聞き慣れた声が、耳を打つ。

途端に、視界に針で開けた穴ほどの、ちいさな光が蘇《よみがえ》った。硬直していた手足から、がっくりと力が失せる。

「彌…勒……」

後続のボートには乗らず、乗降口で吉祥を待っていたのだろう。水路に飛び降りた彌勒が、冷水を蹴り、ボートへ乗り上げたのだ。

自力で体を起こそうとする吉祥の頬を、彌勒の掌が撫でた。じっとりと冷たい汗にぬれた吉祥の肌は、小刻みにふるえている。

「大丈夫だ。俺がいるから…」

瞼に触れた彌勒の指から、圧倒的な安堵《あんど》が流れ込んだ。彌勒の指は、最初から吉祥の体の一部だったかのように、容易《ようい》に肌へと馴染む。

その感覚を恐れ、指を振り払おうにも瞼一つ動かせない。

闇の色が、視界を焼いた。それを退けることができず、吉祥は弟の腕に額を押し当てた。


「母さん、彌勒は?」

階段の半ばで、吉祥は階下の母に声をかけた。外出の用意をしていた母親が、あたたかそうなコートを手に振り返る。

今夜は父と待ち合わせをし、音楽会に出かけるらしい。黒い細身のワンピースを身に着けた母は、とても楽しそうだ。こんなにもくつろいだ母を見ていると、半年前まで家庭を取り巻いていた空気が嘘のように思えてくる。

「さっきお風呂場で、あなたの防具拭《ふ》いてたわよ」

「あいつ…、いいって言ったのに」

階段を下り、吉祥は風呂場を振り返った。

リンクでの練習を終えると、体から湯気が立ち昇るほど汗をかく。当然防具も汚れるが、洗濯機で回せるようなものではなく、毎日でもリンクに通いたい吉祥には、防具の手入れは手間のかかる代物《しろもの》だった。

「楽しそうだったわよ？　あの子。昨日のお出かけもそうだったけど…」

昨日、朝から連れ立って遊園地へ出かけた兄弟を思い出して、母親が唇を綻ばせる。長い睫に縁取られた瞳が、ふと、揺れた。

「……ねえ吉祥。あなたまだ…話してないんでしょう？　学校のこと」

迷いながらも切り出され、吉祥が細い指を握り締める。

「解ってる。ちゃんと話すから」

続く言葉を待たず、吉祥は首を横に振った。

昨日も結局、なにも告白できなかった自分に唇を噛む。具合を悪くして、予定より早く帰ることになったが、彌勒は文句一つ言わなかった。そんな弟の横顔を思い出すだけで、喉の奥が火に舐められたように痛む。

吉祥の内心を察したのか、すぐに母は口を噤《つぐ》んだ。彌勒に対しては勿論だが、母は吉祥に対しても、強くものを言うことができない。平穏な日常を取り戻したつもりでいても、こうした瞬間には、自分たちの歪みを意識せずにはいられなかった。

コートを抱えた母の腕が伸び、そっと吉祥を引き寄せる。

「……私たちもあの子も、あなたが大好きよ。本当に感謝してるわ」

やさしく抱き締められ、吉祥は目を伏せた。

感謝されることなど、一つもない。

家を出ることを決めたのは、母を思うためではなかった。なにより駅の洗面所で、彌勒と自分がなにをしたのかを知れば、母はこんなに穏やかな声など出せないだろう。

自分がひどく汚い存在に思え、吉祥は母の腕から体を引いた。

「…演奏会、楽しんできて」

母親を送り出し、風呂場へ目を向ける。

日々確実に、自分に残された時間は減っていた。来週には引っ越しの準備を終え、新しい生活に備えなければいけない。

別の学校に通っても、兄弟の縁《えん》が失われるわけではないのだ。彌勒を嫌って、離れるわけでもない。

そんな説得の言葉を掻き集め、吉祥は大きく息を吸うと脱衣所の扉を開いた。

「彌勒、話が……」

切り出した吉祥に、沈黙が応える。

「彌勒…？」

脱衣所にもその奥の浴室にも、電気は点《つ》いているが人の気配はない。見回した脱衣所には、吉祥の装備が干されている。

「どこに行ったんだ、あいつ…」

そういえば昨夜も、彌勒はどこかへ出かけていたのではないか。コンビニエンスストアにでも行ったのだろうかと考えながら、二階へ引き返す。蛍光灯が灯《とも》る自室に足を踏み入れた途端、電話の呼び出し音が鳴り響いた。

彌勒だろうか。急いで受話器を取り上げ、吉祥は、はい、と応えた。

「吉祥か？」

耳慣れた、少し冷たく響く声が届く。氷室だ。

電話の主が彌勒でないことに、吉祥は落胆した。同時にそんな自分に、頬の内側を噛む。

「どうした。珍しいな、電話なんて」

「浅野さんが、入院したってよ。怪我で担ぎ込まれたらしい」

出し抜けに告げられ、吉祥が眉を寄せる。

確かに浅野は、今日のチーム練習を休んでいた。十日近く経つが彌勒とのことが原因で、顔を出し辛いのかと考えていたが、違っていたのか。

「怪我って、交通事故かなにかか」

何故そんな情報を氷室が得ているのか疑問に思ったが、すぐに呑み込む。

「相当殴られたらしい」

低くなった氷室の声に、吉祥は口が渇《かわ》くのを感じた。なにか嫌な予感が、胸に広がる。

過日《かじつ》リンクで浅野に腕を伸ばした彌勒の双眸が、唐突に脳裏を過った。

「喧嘩か？」

「喧嘩になったかどうかは判らねえな。一方的に、殴られただけかもしれねえ」

皮肉な響きに、氷室の声が歪む。

自分と同じ想像が、氷室の内側にもあるのかもしれない。そう考えて、吉祥は自分たちの杞憂《きゆう》を笑い飛ばそうとした。

「だからなんだ、まさかお前、彌勒がやったとでも言うんじゃないだろうな」

「弟は昨日、ずっとお前と一緒だったのか？」

否定を期待した吉祥に、笑みのない声が尋ね返してくる。

勿論だ。

そう応えようとして、すぐに声が出ない自分に気づく。

昨日遊園地から戻った後、吉祥は一歩も家から出ずにすごした。彌勒もそんな吉祥の側に張りついていたが、一秒たりとも離れなかったわけではない。

「ほとんど一緒だった。一度だけ外に出たみたいだが、人を怪我させて戻って来られるような時間じや…」

「出かけてるんだな。何時頃だ」

「……八時か…九時前だ。そんなに遅い時間じゃない」

吉祥の返答に、初めて氷室が黙り込む。矢継《やつ》ぎ早《ばや》の質問より、その沈黙の苦さにこそ吉祥は怯《おび》えた。

「それに出かけてたって言っても、本当に短い時間だ、三十分か、長くて一時間」

「三十分あれば充分だ。浅野が怪我したのは、お前の家の側だ。歩いて…五分もかかんねぇと思うぞ」

賭けてもいい。

低く続いた氷室の声に、吉祥は後頭部を殴りつけられたような衝撃を味わった。

「お前の弟なら、浅野再起不能にすんのに、十分いらねーだろうしな」

「ば、ばか言うな。彌勒が浅野さんを、家の側まで呼び出して殴ったって言うのか？　あいつは浅野さんの連絡先なんか…」

「浅野が自分から行ったのかもな」

「なんで浅野さんがわざわざ来るんだ」

「鈍《にぶ》すぎだろ吉祥。テメェに会うために決まってんじゃねえか。今弟はそこにいるのか？」

「待てよ、なに言ってるんだ。氷室、まさか本気で彌勒が…」

彌勒が、浅野に暴力を振るったと思っているのか。そう口にしようとして、吉祥は声を詰まらせた。

まさか。

その言葉は太い杭《くい》のように、吉祥の喉を刺し貫《つらぬ》いた。否定しようにも、不安は吐き出せない澱《おり》のように胸に溜まる。

まさか。

いや、もしかして。

一度思い描くと、それは想像ではなく、確定した現実のように吉祥へ覆い被さった。

「…確かに彌勒は……、前は、色々あったけど、で、でも…本当にあいつが……殴ったのなら、なにか…なにか理由があるはずだ」

呻いた吉祥の声が、半ばで途切れた。

なんの前触れもなく、世界が闇に包まれる。

部屋の明かりが消えたのだ。

「……っ…」

心臓が握り潰されたような衝撃に、体が硬直する。指先から受話器が落ちたが、そんなことはどうでもよかった。

「あ…」

どっと、冷たい汗が全身に噴き出す。立っていられず、萎えた膝が音を立てて床へ落ちた。

明かりを、点けなければ。

その一心で戸口を振り返り、吉祥は動きを止めた。

眩しい逆光を浴びて、黒々とした影が戸口に落ちている。

「彌勒……」

弟の名を口にした途端、全身から力が失せた。

「明かりを……、彌勒…」

彌勒が立つ戸口には、照明を灯すための電源がある。しかし弟の手は、電源に触れていながらもそれを点けることはしなかった。

「彌勒…」

破裂しそうな心臓の鼓動が胸を叩き、奥歯が細かな音を立てる。力なく床に這う吉祥を見下ろし、彌勒が一歩室内へ進んだ。

その背後で、扉が閉じる。

本当の闇が、吉祥を包んだ。

「やめろ…! やめろ彌勒っ!」

視界が黒く塗《ぬ》り潰されて、どこが上でどこが下なのかも判らない。床が失せてゆくような不安に、吉祥はフローリングに爪を立てた。

「彌勒っ」

狂ったように、弟の名を呼ぶ。

「入院したわけぇ、浅野クン」

彌勒の声が、頭の上の方から聞こえた。驚きもなければ、戸惑いもない。感情を殺がれた声は、冷えきっていた。

「聞…いてたのか、お前…」

「彌勒はンなことしねーとは、言ってくんねーんだ？」

静かな声で問われ、吉祥はぎょっとした。違うと、否定しようにも一度吐き出した言葉を取り消すことはできない。

「信頼してって、言わなかったっけ、俺」

「俺は……」

漆黒《しっこく》に覆われた視界と思考に、微かな輪郭《りんかく》が映る。開け放された窓から、青褪めた光が差し込んでいるのだ。満月の明かりが皓々《こうこう》と注いでいることを知っても、吉祥を呑み込む闇が薄れることはなかった。

「イイ弟の振りしてんのも、疲れんだわ」

びくりと、吉祥の背中が揺れる。

真正面から蹴り飛ばされたような衝撃に、吉祥は息を詰めた。

平坦《へいたん》な声は、相変わらず上の方から聞こえてくる。しかし吉祥には、彌勒との距離がまるで解らない。闇のなかでは、全ての感覚が壊れて歪む。ジーンズに包まれた彌勒の足が、青白い光にただぼんやり浮かんで見えた。

「なーもーテメェ、どーして欲しいの。吉祥が泣くから、クソつまんねー街に出るのもやめたし、クソ下らねー家にも戻ったろ。吉祥が喜ぶから、飯事《ままごと》みてーな生活につき合ってきたじゃねーか」

耳を塞ぐこともできず、吉祥は闇と同じ力で、自分を押し潰してゆく彌勒の声を聞いた。

うるさいくらい、耳元で心臓の音が鳴っている。それ以上の叫びを上げ、なにかが壊れ始めていた。

吉祥が憧《あこが》れ、少しずつ積み上げてきたと思った、平穏な日常だ。

彌勒が暴力を捨て、笑顔を見せるだけで、それはゆっくりと吉祥の両手に落ちてきた。世界の規範に頓着せず、兄にのみ親愛を注ぐ弟に、不満がなかったわけではない。それでも概《おおむ》ねは、吉祥が望んだ通りだった。

吉祥、だけが。

「マンゾクですかぁ、お兄ちゃん。あン時吉祥が頼んだ通り、俺はイイ弟でいただろ？」

「やめてくれ…っ！」

彌勒が両手を広げてみせた気配が、闇を通して体に伝わる。暗闇の底で、吉祥は悲鳴じみた声を上げた。

ぬるま湯のような半年の間も、吉祥を蝕《むしば》む闇は、変わりなくそこにあったのだ。

自分たちはこの瞬間も、同じ闇のなかにいる。平穏な日常など、なにもかも作りものだ。

「ぜーんぶ、吉祥のため。でも残念デシタ。まだまだ足りませんでした、か」

一歩、彌勒が進む。波のように闇がうねるのを感じ、吉祥は後退った。

「足りないって……」

「お前春から、俺と違うガッコ行くんだろ？」

その声は、呆気ないほど静かに響いた。

「……な…」

肺ごと、体中の臓器が摑み上げられる。限界まで目を見開き、吉祥は闇を凝視した。

強烈な吐き気が、込み上げる。今すぐこの場に、胃のなかのものをぶちまけてしまわないのが不思議だった。

「どうして……彌勒、なんでそれを……」

上擦った声をもらした吉祥へ、更に一歩、彌勒が近づく。

闇のなかを進み出た彌勒の容貌が、初めて月明かりを受け、明らかになった。自分とはまるで似ていない弟の顔が、不気味なほどの静けさで吉祥を見下ろしている。

「あーあ、めっちゃバカみてーな話。俺、ずっと待ってたんだぜ」

吉祥が話してくれるのを。

月明かりに照らされた口元が、微かに笑った。吐き気が酷《ひど》くなり、耳鳴りがする。

打ち明けるつもりだった。

ずっと、早く打ち明けたくて、それができずに打ちのめされた。言い訳の言葉はうるさく喉に込み上げる。だがそのどれ一つ、意味など持たない。

彌勒が言う通り、自分は真実を告白できなかった。その卑怯《ひきょう》な事実があるだけだ。

「あんまりだと思わね？　イイ弟の振りしても、街でクズ以下の生活してても、結局は一緒。サヨーナラ。棄《す》てられるだけなんてよ」

「棄てるなんて……！」

思わず声を上げた吉祥に、彌勒が眉を吊り上げる。

「じゃあナニ？　ホッケーやりてえからとか、俺のためとか、ンな下らねー言い訳すんなよ、お兄ちやん」

刃物のような鋭利さで、彌勒が断じた。

「完璧《かんぺき》になりたかったんだろ?」

囁くような弟の声は、どこかやさしい。

「イカれてんのは弟一人で、自分はマトモだって思いたかったんだろ? でも俺が側にいると思い出しちまう。だから都合の悪ィ過去ごと、俺を消しちまいたかったんだろ?」

「やめろッ!」

自分たち二人を押し潰した、闇。

狭い廃車のトランクから、兄弟が救い出されたのは、雑木林に入って四日目の朝だった。詳細《しょうさい》を、吉祥は覚えていない。凝視していたはずの闇と、それを打ち破った強烈な光とを、断片的に記憶しているだけだ。その破片の一つ一つに、どうしようもない空腹と渇き、折り曲げた体の痛み、度を越えた恐怖が張りついていた。

あの男がまだ、自分たちを捜しているのではないか。扉が開く瞬間、彌勒が上げた悲鳴を、聞いた気がした。

吉祥が声を出さなかったのは、その力がなかったからだ。自分たちは救急車に乗せられ運ばれたらしいが、まるで覚えていない。ただあの日を境に、吉祥は極端に暗闇を懼《おそ》れるようになった。窓のない、狭い場所も駄目だ。太陽の光や、煌々と灯された明かりの下《もと》でしか、吉祥は生きていけない。

同じ闇を味わった彌勒は、吉祥のように暗所を懼れなかった。代わりに、彼はその双眸の奥に恐ろしい暗がりを宿した。

彌勒が荒れ始めたのは、それからだ。

快活《かいかつ》な性格が一変し、他人を寄せつけなくなった。同時に暴力的な傾向が増し、拳からは加減が失せた。

丸二日半だ。

それだけの時間、二人は暗く不潔な闇のなかで抱き合っていた。密着した体が溶け合って、一つの生き物になったのだ。再び光の世界に戻り、それがまだ人の姿をしている保証など、どこにもない。

「……頼む…、明かりを…っ……」

「ダーメ。なんつの？　どーしたってテメェが棄てる気なら、ンなばかなこと考えらんねーように、摑んどかねーと。なァ？」

ゆっくりと、彌勒の足が持ち上がる。こんなに寒い日でも、靴下を履いていない彌勒の足が、吉祥の膝に触れた。

「…っ……」

「だから、ファックしようぜ？」

歌うように、彌勒が誘う。

膝を押さえた爪先が太腿《ふともも》へ滑り、ぐっと股間に押し当てられた。

「や、やめろ……ッ…」

「ヤだァ？　駄々《だだ》っ子《こ》なお兄ちゃんね。つき合ってテンでしょ、俺ら」

短い声を上げ、彌勒が笑う。

おかしくて仕方がないという声だ。ぐりぐりと足で性器を揉まれ、夢中で後退る。すぐに背中が壁にぶつかり、吉祥は悲鳴を上げた。

闇が、押し寄せてくる。

「嫌だッ！」

叫びが、金属的な響きを帯びた。月明かりを浴びる彌勒は、まだ笑っている。

「ンな声出すんじゃねーよ。約束するって。絶対、やさしくすっから」

闇のなかから伸びた腕が吉祥を摑み、床へ引き倒した。背中から落ち、あおむけに押さえつけられた吉祥から、彌勒がジーンズを引き下ろす。

「や……」

拒もうと、腕を伸ばすが上手く力が入らない。

ここは、闇の底だ。水中で呼吸が得られないのと同じように、吉祥に許された自由はない。先程足裏で押し揉んでいた性器を、大きな掌が包み取った。

「……ぅ…」

拳を固め彌勒の肩を打つが、重い体は微動だにしない。

真上から体重をかけ、伸しかかられているという体勢的な不利もある。だがそれ以上に、弟が力で自分を上回る事実を、吉祥はまざまざと感じ取った。

「放…せ…っ」

顳顬《こめかみ》目がけ本気で振り回した拳を、彌勒が頭を引いて避ける。もう一度、渾身《こんしん》の力で腕を振り上げたが、逆に摑み取られた。

「痛っ……」

容赦のない握力で手首を締め上げられ、骨が砕かれるような痛みに声が出る。

本気で殴り合えば、どちらが勝つか解らない。そう考えていた自分の甘さに、吉祥は愕然とした。

「退け…っ、彌…」

「暴れんなっつってんじゃねーか！」

質を違《たが》えた怒号の激しさに、堅い床で体が引きつる。

「俺が加減できねーことくれェ知ってンだろ！　怪我させたくねーんだよ」

恐ろしく光る眼が、吉祥を見下ろしていた。

彌勒の言葉は、誇張《こちょう》でも脅《おど》しでもない。拳を振り上げれば最後、彌勒自身にもそれを制御する術《すべ》はないのだ。

「どうしても暴れるってンなら、腕折ってでもやるぜ。……でもよ」

手首を摑む腕に、ぎりぎりと新しい力が加わる。痛みに歪んだ吉祥の鼻先へ、彌勒が同じ痛みを蓄《たくわ》えた双眸を寄せた。

「大事にしてーんだ」

懇願の響きが頰に触れ、ぞっと悪寒が背筋を舐める。

彌勒は、本気だ。

絶望が、吉祥の内側からなにもかも殺ぎ落としてゆく。

「吉祥…」

大切そうに名を呼んで、彌勒がようやく力をゆるめた。束縛《そくばく》が失せても、摑まれていた手首は痺れ、重く痛んだ。

「絶対ぇ、泣かせたりしねーから」

な、と囁いた彌勒の掌が、床に縫い止められた吉祥のシャツを捲《まく》る。

「…っ……」

ひやりとした闇と床とが素肌に触れ、吉祥は体を竦ませた。反り返った顎先へ、ねっとりと舌が這う。形のよい顎を口に含み、彌勒が軽く歯を立てた。

「あ……、や……っ…」

性器に触れてくる指が、形を確かめるようにつけ根から先端へと動く。

先端のやわらかな部分を、人差し指の腹で引っ掻くようにくすぐられると、じっとしていられない。床をずり上がり、逃げようとするが伸しかかる彌勒の力は強かった。

「これ、気持ちー?」

「ぁ…」

真っ直ぐに吉祥の顔を覗き込み、性器の裏側と先端に、何度も指を這わせてくる。それは駅の洗面所で、特に吉祥が敏感に反応した場所だ。

「や……」

感じまいと息を詰めても、どうしようもなかった。興奮が唾液《だえき》となって、口腔《こうこう》に溜まる。伸しかかる体も、性器をいじる手も、弟のものだ。こんな異常なこと、あっていいはずがない。解っていながら、彌勒に触れられる感覚は吉祥を狼狽《ろうばい》させ、打ちのめした。

「…彌……」

シャツを捲り上げた吉祥の胸元に、彌勒が顔を寄せる。ちゅっと音を立てて吸いつき、足らないとばかりに頬ずりされた。

気持ちがいいとは、とてもではないが思えない。強張るしかできない兄に構わず、彌勒がなめらかな皮膚を舐めた。

「……イー感じ。ずっと、触りてーと思ってた」

まだやわらかな乳首を、口を開いた彌勒がぱっくりとくわえる。

「…放……」

「すげえ、可愛い乳首」

尖った先端に舌を押し当てたまま、彌勒が笑った。悔しさと恥ずかしさに、顳顬がずきずきする。

囁いた彌勒の掌が、性器を包むように揉み、その更に奥へと移動した。

「ココも」

「あ…っ…」

内腿に力を入れようにも、膝の間に体を割り入れられては拒むことはできない。尻の肉を左右に掻き分けられ、粘膜の窪《くぼ》みへと触れられる。

「よ、よせ…っ」

腕を払い除けようともがくと、すぐに彌勒が体を退けた。ほっと息を吐く間もなく、彌勒がジーンズの尻ポケットからなにかを探り出す。

暗がりで、ものの形に目を凝《こ》らす余裕など吉祥にはない。彌勒が丸く平たい容器を開いても、その意味など解らなかった。

「心配すんな。ヤベーやつじゃねーよ」

容器の中身を、彌勒が指で掬って見せる。どろりとした軟膏《なんこう》のようなものを、舌を伸ばし弟が一口舐めた。

「薬とか入ってねえし」

もう一度、骨張った指が、容器からたっぷりと中身を掬う。鼻先に、甘ったるい匂いが触れた。

そんなものを一体、なにに使うのか。胸の悪くなる匂いから逃れたくて、吉祥は床に肘を突き這おうとした。

「おとなしくしてなって、お兄ちゃん」

「あ…っ！」

素早く伸びた腕が、尻の間にもぐり込んでくる。軟膏の冷たさがぐちゃりと尻に触れ、吉祥は声を上げた。

「冷てぇ？　少し我慢して」

気遣わしげに、彌勒が吉祥を覗き込む。

体を起こした彌勒の動きに合わせ、より大きく膝が開かれた。まるで自分から望んで、彌勒に恥ずかしい場所を曝《さら》しているようだ。

「…やめ……」

見つけ出した尻穴の上で、彌勒がゆっくりと指を回す。

彌勒がなにを求めているか、さすがに吉祥でも覚《さと》ることができた。性器に触れられることさえ恐ろしいのに、それ以上の恐怖を強いようというのだ。

「や…やめてくれ、彌勒…、本当に……」

「どーして？　吉祥のためだぜ？」

言いざま、彌勒の指がぐっと、窄《すぼ》まる穴を圧迫する。

「あ…っ！」

思わず、高い声が出る。

ぬるりと、軟膏まみれの指が押し入った。堅く閉じた入り口を開くよう揉まれると、ずくずくと重い疼きが腹に響いてくる。

「やっぱすげー狭《せめ》ェは、ココ」

床に置かれていた容器から、もう一度彌勒が軟膏を掬った。

「い…っ…」

冷えた軟膏をべったりと尻になすりつけられ、爪先までもが強張る。

狭い場所に押し当てられた指が、再び慎重《しんちょう》に沈んできた。先程よりも深く入る感触に、声がもれる。

力を入れ、侵入を阻《はば》もうにも、滑る軟膏のせいでそれも難しい。

「いきなり俺のぶっ込んだら、絶対ェ切れる」

切れる、という言葉の生々しさに、体が竦む。宥《なだ》めるように、唇が額へ落ちた。ぐっしょりと汗にぬれ、冷えきった吉祥の額に、彌勒が舌打ちをする。

「ンな緊張すんな。じっくり時間かけてやっから力抜けって」

「う……」

狭い場所で軟膏が押し潰され、ぐちゃりと粘《ねば》っこい音を立てる。軽く引き出されると、挿入の悪寒とは違う痺れが下腹を包んだ。こんな刺激を、吉祥は他に知らない。

「…あ…、あ…」

血の気が引く瞬間のような、力が殺げ落ちる感覚に腰が浮く。

怖い。

指が触れない、もっと深い場所になまあたたかい熱を感じ、吉祥は拳を握り締めた。痛みとは違う。時間をかけ、指を出したり入れたりされると、広げられ、擦られる苦痛がどろりとした痺れに覆われた。

「は…、あ、あ……」

「エロい穴。ずっぽり奥まで呑み込んだぜ」

嬉しそうに教えた彌勒の指が、粘膜を掻き出すように退く。くぷんといやらしい音を伴《ともな》い、一度抜けた指が、すぐに同じ場所へ押し当てられた。

「あ…っ」

先程よりも大きな圧迫感に、苦しくて唇が開く。二本に増えた指が、横に並んで肉を掻き分けた。

「ゆっくりやれば、痛くねえだろ？」

彌勒の言葉通り、入り込んでくる指の動きは決して急がない。しかし、容赦もなかった。

「…ぅ…、……あ…」

狭い場所を左右に開き、引っ張られ、何度も軟膏を擦り込まれると、くちゃくちゃと味わうような音が響く。

「聞こえっか？　音」

「っ…、言う…な……ッ…」

耳元で囁かれ、堪らない羞恥に叫びがもれた。自分の体がこんな音を上げているだなんて、信じたくない。

「もー三本も入ってんだぜ？　吉祥のカラダ、初めてなのに」

いやらしー。

感嘆の声を上げ、入り込んだ指がぐるりと動く。内臓全体に響く刺激に、吉祥は顎を反らせた。

「…あ…、退……け…」

腹の底が、重い。じんわりと湧いてくるなまぬるい興奮が怖くて、吉祥はふるえる腕で彌勒の体を押し返した。諦《あきら》めの悪い吉祥に、彌勒が舌打ちをする。

「まだンなこと言いやがるワケ？」

深くまで入り込んだ指が、ゆるく曲げられた。それだけで圧迫され、広げられる感覚が増す。苦しさにふるえた吉祥のなかから、曲げられたままの指が引き出された。

「……ッ…ひ、あ…！」

「どうして欲しーのよ、お兄ちゃん。やさしくされるだけじゃ足ンねーの？」

諭《さと》すような声の響きに、ひくりと喉が引きつる。

どうして、欲しいのか。

問いを繰り返した胸が、きりきりと痛む。

胸だけでない。闇を凝視する眼球も、渇いた喉も、割れそうな頭も、なにもかもが痛かった。

「……て……」

「聞こえねー」

「かえ…して…くれ……ッ」

声にした途端、どっと涙が込み上げそうになる。

「はァ？　なにを」

月明かりに浮かぶ彌勒の容貌は、愛しい弟のそれだ。だがこんな眼をする男を、吉祥は知らない。

こんな焔を眼に灯す男を吉祥は、知らない。

「俺の……弟を、返してくれ…！」

信じられないほど大きな声が、喉を迸《ほとばし》る。一度声にすると、もう止めることはできなかった。

「弟を…、弟を……返してくれッ！　俺の…」

闇に歪められる以前の、快活な彌勒。太陽のように撥剌《はつらつ》としていた彼は、感情のない眼で父や母を見ることなどしなかった。加減なく人を殴ることも、血の繋がった兄の肉体を求めることも、決してするはずがなかった。

「無理だね」

呆気ない応えが、唇へ注がれる。

ちゅ、と音を立てて唇に口を押しつけられ、吉祥はこぼれそうなほど双眸を見開いた。唇に口吻《くちづ》けられたのは、初めての経験だ。真上から覗き込んでくる影の黒さに、悲鳴まで呑み込まれる。

「最初からいやしねーわけよ、そンなもん」

薄い唇が、笑った。

その声は、少し同情を含んでいたかもしれない。

「や…」

大きな掌が、投げ出されていた吉祥の膝裏に差し込まれる。体液と軟膏で汚れた太腿に、堅くぬれたものが押しつけられた。

ぞっと全身の血が下がる。

「放…、あ……」

「暴れっと、マジ怪我するぜ」

掌で、ぐっと膝裏を押され、深く体が折りたたまれた。

「う…」

大きく持ち上がった尻の割れ目に沿って、ぬれた肉がゆっくりと動く。弾力のあるそれがなにか、考えるのも恐ろしい。

太く勃起《ぼっき》した彌勒の陰茎《いんけい》が、充血した粘膜を小突いた。

「彌…勒……」

「好きだぜ、吉祥」

氷の手で、心臓を摑み取られるようだ。

こんな残酷《ざんこく》な言葉が、他にあるだろうか。切り裂くような囁きと共に、熱い塊が押し入ってくる。

「い……あ…っ…」

凄《すさ》まじい圧迫感に、悲鳴のような声が出た。

纖細《せんさい》な粘膜が、限界まで割り広げられる。決して他人が触れるはずのない場所に、太い陰茎を感じ、吉祥は立て続けに声を上げた。

男の身でありながら、自分は犯されているのだ。しかも血を分けた、弟の性器に。

体重をかけて突き入れる動きに、着実に堅いものが入り込んでくる。たっぷりと塗られた軟膏が、摩擦《まさつ》を減らしているのが解った。

唇を閉じてなどいられない。

彌勒が腰を進めるたび、押し出されるように声が出る。

「あ……、ああ…」

「すっげ…、吉祥。きっつ…」

低く笑った彌勒の声が、浅く乱れた。喜色《きしょく》を隠さない弟の声に、ぶるりとふるえが湧く。

支えられた膝裏や、触れ合う腿に汗が溜まり、互いの体が隙間《すきま》なく密着していることを教えられた。

「…な。解ンだろ？　吉祥」

囁き、彌勒が折り曲げられた兄の体を揺らす。小刻みに揺すられると、ぴったりと陰茎を呑み込んだ場所にも振動が伝わり、痛みがなまあたたかく腹を包んだ。

「…動…くな……」

太い肉がどこまで入り込んでくるのか、怖くなる。不用意に動けば、喉の奥まで串刺《くし》しにされそうだ。

「しっかり、ハマってんぜ」

嬉しそうに、彌勒が繋がった場所へ指を這わせる。

「い……」

「もっと奥までいきてー……」

「…や…！　無理……っ…」

吉祥の体を軋《きし》ませながら、また少し、彌勒が沈んでくる。広げられた粘膜をいじっていた指が、思いついたように性器へ伸びる。

挿入の衝撃で萎えていた性器に指を絡められ、白い尻が強張った。

「あ……」

軟膏でべたべたの指で先端をつままれ、びくんと性器ごと体が跳ねる。繋がった場所から、その反応は彌勒にも伝わったのだろう。低く笑った彌勒に、性器を締め上げられ、気持ちのよさに爪先までもが緊張した。

「ふ…、あ…、はぁ……」

性器への刺激に合わせ、彌勒がゆっくりと体を揺する。腹のなかを掻き回され、歯を食いしばろうにも我慢ができない。

吐き気がするほどの圧迫感と、ぬれた快楽を同時に注がれ、びくびくと内腿が引きつる。

「…ひ……」

身構える間もなく、性器が弾けた。

手を伸ばすこともできず、熱い湯のような精液が腹に飛び散る。呼吸を奪われ、硬直した吉祥の頭上で、彌勒もまた息を詰めて堪えた。

「…っ……」

「…は…、ぁ…あっ、あ……」

大きく開いた口から、ひゅう、と悲鳴のような息が出る。

凝視し続ける闇が、奇妙に歪んだ。なまあたたかい涙が、視界を覆う。苦痛と衝撃に、自分が涙を流していることを知っても、吉祥にはどうすることもできなかった。

「あ…、はぁ…っ…」

「泣くなって」

荒れた指が、身動ぎもできない吉祥の頬に触れてくる。そっと涙を掬った彌勒が、味を確かめるよう、ぬれた指を舐めた。

「……………い…」

乾ききった吉祥の唇から、細い声がもれる。薄い瞼を一枚閉じても、開いていても、そこは変わらない闇の空間だ。世界は決して吉祥を救わない。

あの日見たものと同じ闇が、肺の奥深くまで浸透《しんとう》してくるのを、吉祥は感じた。

痛い。

声に出して、呻く。

「あー、ドコが？　ココ？　泣くほど痛えわけ？」

彌勒の指が、深々と陰茎を呑み込む穴に触れた。ひくりと息を詰め、吉祥が頭を振る。

「…っ……」

彌勒を受け入れている場所が、痛まないはずはない。折り曲げられた体も、二人分の体重を支える背中も、痺れた足も、なにもかもが痛んだ。

痛い。

もう一度訴え、ふるえる掌を胸に押し当てる。

罪悪感と、それが許されないことを知る絶望とが、肺で暴れ回った。

「痛い…んだ…ッ、胸……、もう…」

溺《おぼ》れまいとするように、胸へ爪痕《つめあと》を刻んだ指を、骨張った手が摑み取る。

「そんなもん、俺はテメェと別々に生まれてきてから、ずっと痛ぇよ」

弟の声はなんらかの苦痛を含んでいただろうか。

闇を睨む吉祥の目には、なにも映らなかった。新しい涙が、睫をぬらしている。

兄の指を引き寄せた彌勒が、白い皮膚へ歯を立てた。

「あ……」

ゆっくりと腰を動かされ、繋がった体が揺れる。汗にぬれ、痛みにまみれた体は、もうどこからが自分で、どこからが彌勒のものなのか解らない。

指に食い込む痛みだけが、一瞬吉祥の存在を照らして、すぐに闇に紛れた。


爽快《そうかい》な音を立てて、金属の刃《エッジ》が氷を削る。磨《みが》かれたばかりの氷は硬く、心地好く吉祥の体を運んだ。

「そろそろ時間だよ、仁科君」

手摺りの向こうから声を投げられ、吉祥がはっと顔を上げる。作業着姿の白石が、笑顔で手を振っていた。

「ごめんね。短い時間で」

「いえ、俺の方こそ無理言って、すみませんでした」

スケート靴が動きを止めると、リンクは静寂《せいじゃく》に包まれた。広いリンクに、吉祥以外の人影はない。

壁にかけられた時計で確認すると、時刻は午後十時をすぎようとしていた。本来なら、社会人を中心とするアイスホッケー愛好者が集まり、練習をしている時間帯だ。吉祥もそれに参加するつもりで家を出たが、リンクに着いて初めて、今日の練習が中止になったことを知った。今夜はリンク内の補修工事があるため、一般滑走後八時までしか開放されていなかったらしい。

自分の迂闊《うかつ》さに舌打ちし、引き返そうとした吉祥を呼び止めたのが、白石だ。業者が来るまで時間があるため、三十分なら好きに使っていいと、無人のリンクを開けてくれた。無性《むしょう》に滑りたい気分でもあり、吉祥は礼を言ってリンクへ降りた。

しかしいくら滑っても、気持ちは晴れない。

やはり今日の内に、入院している浅野を見舞うべきだったか。今もまだ、彌勒が浅野を殴ったと疑っているわけではない。だが浅野に直接会い、はっきりさせた方が、踏ん切りはつくだろう。

「今日は弟君、いないんだね」

ベンチを見回した白石の言葉に、ぴくんと肩がふるえる。

「はい。俺一人です」

白石の視線から逃れるように、吉祥は更衣室へ移動した。リンク同様窓のない更衣室は、白々とした蛍光灯に照らされている。

怠《だる》い体をベンチに下ろすと、痛みが全身に響いた。

「…っ…」

意識したこともない場所の筋肉が、きりきりと痛む。背中や腰、腕のあちこちに痣《あざ》が浮き、不用意に触れると息を詰める羽目になった。

昨夜彌勒と体を繋ぎ、全てが終わったのは深夜近くになってからだ。すぐ側に寝台があったにも拘らず、吉祥は堅い床で折りたたまれ、繰り返し弟を受け入れた。その後完全に体を離しても、彌勒は長く、繋がっていた場所に指を入れ、吉祥の内部をいじり回していた。帰宅した両親の気配に気づき、吉祥が懇願しなければ、あのままずっと兄の体を眺め、舐め回していたかもしれない。

自分の想像を振り払いたくて、吉祥は携《たずさ》えていたペットボトルの封を開いた。烏龍茶を一口含もうとして、その冷たさに眉を寄せる。

今日は珍しく、あたたかいものを買い求めたのだが、三十分ほどリンクに置いていただけで、中身は氷のように冷えきっていた。

不意に先日、リンクで触れた彌勒の指の冷たさが脳裏に蘇る。自分の思考が、どうしても弟に行き着いてしまうことに、吉祥は顔を歪めた。

「……あのばか…」

低く罵《ののし》った右手が、知らず昨夜掻き毟《むし》った胸を辿る。

今朝、朝食の席で背後から抱き竦めてきた弟を、吉祥は振り向きざまに一発、殴りつけた。

当然反撃されると思ったが、彌勒は血が滲《にじ》んだ口角を、固めた拳で拭っただけだった。

思えば、吉祥は本気で彌勒に殴られた経験がない。あれだけ苛烈な暴力に取り憑《つ》かれた弟が、自分にだけは拳を上げない事実が、今朝に限って吉祥を苛立たせた。

見くびられていたのか。あるいは単純に、特別な扱《あつか》いを受けていたのかもしれない。悔しさに唇を歪め、吉祥は拳を固めた。

完璧に、なりたかったのだろう。

昨夜彌勒に投げかけられた言葉が、耳鳴りのように張りつく。

闇に溺れ、歪んでしまったのは彌勒一人ではない。同じように歪んだ自分自身を忘れるためには、弟が邪魔だったのだろうと、彌勒は囁いた。

違うと、そう叫んで否定したいのに、言葉を形にできない。どろりと腹の底に溜まる醜《みにく》さは、あの日の闇と同じくらい黒く、おぞましかった。

溜め息を吐き、新しいシャツに着替えた吉祥が、動きを止める。なんの前触れもなく、更衣室の明かりが消えたのだ。

「……っ…」

悲鳴さえ、上げられない。

世界が闇に包まれた瞬間、吉祥は自分が立つ床がやわらかく撓《たわ》むのを感じた。

「彌……」

昨日自室の電気を消した、弟の姿が背筋を脅かす。またしても彌勒が、自分を暗闇に突き落としたのか。

「仁科君?」

白い光が、頭上で明滅する。

落ちついた呼びかけは、彌勒のものではなかった。消された照明が再び灯り、一瞬前の闇が嘘だったかのように更衣室へ光が戻る。

「大丈夫？　顔色悪いよ」

心配そうな声に、吉祥は息を詰めたまま視線を巡らせた。

「白石…さん…」

吉祥がいるのに気づかず、明かりを消してしまったのだろうか。冷たい汗を浮かべ、吉祥は入り口に立つ白石を見た。

「すみません…。すぐ、出ます」

「焦《あせ》らなくていいよ。業者もまだ当分来ないし。仁科君、暗いとこ駄目って話、本当だったんだね」

氷室を始め、チームメートの何人かは、吉祥が暗い場所を好まないことを知っている。白石の耳に入っていても、不思議はない。しかし白石の口調に、吉祥は奇妙な違和感を覚え、眉を寄せた。

「ずっと前からなのかな。なにか理由があるとか？」

吉祥が知る白石は、おとなしく口数の少ない男だ。こんなふうに好奇心を隠さず、しつこく問いを重ねられたことなど一度もない。

「いえ…、別に」

「弟君がたまにリンクへ顔出してたのも、そのせい？」

暗闇の余韻《よいん》が、自分を神経質にしている。解っていたが、吉祥は白石の問いに不快さを感じずにはいられなかった。

もしかしたら、と、胸に湧いた疑問に唇を歪める。白石は吉祥が残っているのを知っていて、わざと電気を落としたのかもしれない。

「弟は関係ありません。…失礼します」

握力の萎えた手で、吉祥は鞄を持ち上げた。

「待ってよ、仁科君。面白いと思ってたんだ。登下校の電車でもべったりなんて」

「電車…？」

白石の言葉を聞き咎め、吉祥が足を止める。

「それにしても、春から遠い学校へ行くって話、あれはすごくショックだったな」

何故白石は、吉祥が地元の高校へ進学しないことを知っているのだろう。所属チームの監督《かんとく》には、今月末でここを辞めることを伝えてある。だがそれが白石の耳にまで入っているとは思わなかった。

「そんな不思議そうな顔しなくていいよ。君を脅かすつもりなんてないんだ。ただこれを、渡したかっただけで…」

尻ポケットから、白石がなにかを取り出す。折りたたまれ、すり切れた白い紙だ。広げられたそれを目にし、吉祥は呼吸が浅くなるのを感じた。

「……あ…」

指先一つ動かすことができず、紙を凝視する。正確にはそこに複写《コピー》された、古い新聞の見出しをだ。

行方不明の兄弟、無事発見。放置された車から、奇跡的に救出。

「どこかで見覚えのある名前だと思ったんだ。珍しい名前だろ、君たち兄弟は。まさかあんな事件の被害者だったなんて」

白石が一歩、吉祥へ近づいた。

機嫌よく笑う白石の姿は、まるでテレビに映る映像のように、現実味がない。むしろ鮮明なのは、自分たち兄弟を咀嚼《そしゃく》し、呑み込もうとする闇の気配だ。

「君のことを、よく知りたいと思って調べたんだけど、びっくりしたよ」

自分の言葉に、白石がちいさく笑う。

「いや、違うな。びっくりしたんじゃない。興奮、したんだ」

気弱そうな男の目が、にたにたと光った。

「君はきれいだからね。連れ去りたかった男の気持ちはよく解るよ。でも間抜けな奴だ。大切な獲物《えもの》に逃げられるなんて」

「なにを言って……」

譫言《うわごと》のような声が、自分の鼓膜《こまく》に触れた。

網膜《もうまく》に焼きついた新聞記事が、目の前をちらついて離れない。吉祥は自分たちの一件が、新聞に載っていたことさえ知らなかった。自分の内側に取り憑いていた闇が、黒い文字となって世界を覆ってゆく。

「間抜けって言えば、浅野君もそうだったね」

「あさ…の…?」

思いがけない名前に、吉祥の肩がぴくりと跳ねた。

「横取りなんて許せないだろ。君は僕の獲物なのに。君の家の側をうろついたりして、あいつ…」

高揚を抑えきれない様子で、白石が体を揺らす。

「面白かったなあ。殴ったら犬みたいな声出してさ」

手を伸ばす白石の顔が、ぐにゃりと歪んだ。

嘘だ。

目の前の男の言葉が信じられず、なにかがねじれて、引きつれてゆく。痩《や》せた白石の姿が、あの日自分を見下ろした、熊のような男の影に重なった。

悪夢の中心で、男が笑う。

へなへなと、その場に崩《くず》れ落ちそうになった吉祥の首筋へ、白石が指で触れた。

「…っ……」

「僕ならきっと、上手くやれる…」

ひっと喉音を上げ後退った体が、背中からロッカーにぶつかる。

「う……」

「まだ首筋、ぬれてる。いつも思ってたんだ。ヘルメット外す時、汗で項《うなじ》に髪が貼りついて、すごく色っぽいって」

白石が両手を伸ばし、吉祥の首筋を撫で上げた。ぞっと、全身に鳥肌が立つ。

「…あ……」

あの日大きな木の陰で、男に繰り返し首筋へ触れられた記憶が、悪寒となって肌を焼いた。

「それに、ここも…」

髪の生え際《はえぎわ》をいじる指をそのままに、白石の掌が下腹へ動いた。

ぎくりと、吉祥の体が跳ねる。

「放…せ……っ」

布越しに性器を探った白石を、吉祥は遠ざけようともがいた。しかし腕も指も鉛《なまり》のように重く、握力を失っている。

力ない、子供の腕のようだ。

吉祥は自分の手足が急速に縮《ちぢ》み、車のトランクへ逃げ込む以外、なんの力も持たない子供になった気がした。

「ずっと、見てみたいと思ってた。電車じゃ触るのが精一杯だったから。あの時の君、可愛くって…。気持ちよかっただろ？」

電車、と口にした白石に、吉祥の肩が引きつる。一週間ほど前、彌勒に洗面所へ連れ込まれるきっかけとなった出来事だ。

あの時吉祥に触れていた男の手は、白石のものだったというのか。

いつからだ。

いつから白石は、自分が暗い事件の被害者だと知っていたのだろう。このリンクに勤《つと》めるようになり、偶然あの記事に出会ったのだろうか。あるいは全てを知った上で、吉祥に近づくためリンクを訪れたのかもしれない。

「弟君に邪魔されなかったら、もっと楽しめたのに」

満ち足りた溜め息をもらし、白石が吉祥のジーンズへ手をねじ込んでくる。下着を捲った指に体毛を搦《から》め捕られ、吉祥は背筋を反らせた。

「……い…」

「あの雑木林で君も見たの？　犬や猫が死んでくのを…。面白かったでしょ、あいつら。ばかみたいに跳ねて、泣き喚《わめ》くんだ」

興奮に乾いた唇を、白石が何度も舌で舐めた。

「でもちいさな動物なんて、結局は暇《ひま》潰しさ。獲物は大きい方がいい。きれいで強い…」

項を撫で回していた白石の指が、囁きと共に喉元へと移動する。まだやわらかな喉仏《のどぼとけ》を、親指の腹でぐりぐりと押され、窒息の痛みに悲鳴が潰れた。

「…ぐ…」

「君は最高だ。こんなに背が高いのに、全然醜くない。…勿論、もっとちいさな頃にも、会いたかったけど。ああ、でも安心して？　大きな君にも、怪我なんかさせないから」

言葉とは裏腹に、喉元を覆った白石の掌が、じわりと力を蓄える。顳顬を轟かす苦痛に呑み込まれても、叫びを上げることができない。代わりにうるさいほど、胸を叩く名前があった。

彌勒。

弟の名が、心臓から蹴り出される。どうしようもない恐怖の底で、吉祥の脳裏を占《し》めるのはただ一つの名前だけだった。

「彌……」

喉を圧迫される痛みに、耳鳴りがする。口吻けるように白石の影が迫り、闇が自分を食らいつくそうとした。

「げ…」

呻いた喉から、不意に圧迫が失せる。

悲鳴が耳を叩いたが、それは吉祥の口から放たれたものではない。

「ぎゃ…っ…」

蹴り飛ばされた白石が、ベンチを薙《な》ぎ倒し床を転がった。

茫然《ぼうぜん》と見上げた視界に、黒い影が過る。

「…彌…勒っ…!」

解放された吉祥の喉から、詰まった声がもれた。

蛍光灯を弾き輝いた彌勒の双眸に、叫びたいほどの安堵が込み上げる。

「吉祥!」

がっくりと崩れ落ちた吉祥に気づき、彌勒が床を蹴った。

「大丈夫か、怪我は…」

「…どうして…お前…」

ここにいるはずのない弟が信じられず、咳《せ》き込みながらも尋ねる。

「リンク行ったっつーから来たのに、閉まってンだろ。腹立つからドアでも壊してやろーと思ってたら、なかで気配がすっから」

「出…よう、彌勒、早く…あいつは……」

「ブッ殺すに決まってんだろ。電車で吉祥触ったクズだ。メット被ってやがったから、前は判んなかったが、間違いねー」

彌勒の声音に、ぞっとするような響きが混ざる。確かに先日、彌勒がリンクを訪れた際、白石はヘルメットを被っていたはずだ。

白石を振り返ろうとした彌勒が、不意に吉祥を突き飛ばした。

「…う…」

ロッカーで強《したた》かに肩をぶつけ、なにが起こったのか解らず目を見開く。通路に立つ彌勒の長身が、一度大きく反り返った。

「彌勒っ」

どっと倒れた弟に、吉祥が悲鳴を上げる。

嫌な笑い声が、それに重なった。

「すごいすごい、兄弟二人とも捕まえられるなんて、あの時と本当に同じなんじゃない？」

楽しくて仕方がないと言うように、白石が床を叩く。その右手には、黒いスタンガンが握られていた。

「……テ…メ…」

床に落ちた彌勒から、低い呻きがもれる。小刻みに体を引きつらせながらも、彌勒は懸命に眼を開こうと喘いでいた。

「しっかりしろ、彌勒！」

「なんだ、まだ意識があるのか」

残念そうに呟き、白石が体を起こす。

「やっぱり動物相手とは違うな」

ばちん、とスタンガンが乾いた音を立てた。もう一度それを彌勒へ押しつけようとした白石を、吉祥が渾身の力で蹴り飛ばす。

「…痛…っ」

夢中で、吉祥は弟を支え起こした。

「吉……」

「急げ！」

逃げなければ。

更衣室の出口を目指し、彌勒を引き摺る。意識があるとはいえ、自由を奪われた彌勒の体は重い。

「はは！　無駄だよ！」

背中に、はしゃいだ白石の声が突き刺さる。振り向かず、吉祥は更衣室を出た。

その足が、ぎくりと止まる。

「……っ…」

「どこへ逃げる、仁科君、隠れん坊だね。上手く隠れろよ」

闇だった。

長い長い通路の照明は失せ、微かに非常灯の緑が滲むのみだ。凍《こお》りついたように息を呑んだ吉祥の背後で、更衣室の明かりが消えた。

「ぁ…」

彌勒の体重以上の物理的圧力を伴って、圧倒的な闇が吉祥に伸しかかる。

駄目だ。

立っていることなど、到底できない。

「…け…」

耳元でもれた声に、はっとする。くぐもった声を絞り、彌勒が身動いだ。

「逃げ…ろ…、吉……」

動かない体で進もうとする彌勒を、吉祥が支え直す。密着した弟の体温を改めて感じ、吉祥はふるえる足で廊下へ踏み出した。

建物から、出なければ。

更衣室を出て左手に進むと、洗面所や談話室、貸し靴用のカウンターがある。出口は更にロビーと事務所を抜けた向こうだ。

いつもは何気なく往き来している通路が、絶望的な長さに思える。

「もういーかい？」

更衣室から、陽気な白石の声が響いた。

「もういいかーい？」

「……ぁ…」

息が上がる。

楽しそうな白石の声がちいさくなり、ぴたりと止まった。追って来る。とても出口まで辿り着けるとは思えない。足元がふるえた瞬間、冷たい塊が腰にぶつかった。

倉庫の把手《ドアノブ》だ。

祈るような気持ちで、把手を回す。鍵のかけられていない扉が、音もなく開いた。

「…っ……」

狭い室内に、彌勒と二人倒れるように滑り込む。

貸し靴の革の匂いが、むっと鼻先に触れた。狭い部屋には棚が並び、客の遺失物《いしつぶつ》や、廃棄を待つ古い貸し靴などが押し込められている。

「……か…」

囁くような声が、暗い部屋に落ちた。大丈夫かと、彌勒が尋ねたのだろう。

応えることもできず、吉祥は背後から弟の体を抱きかかえた。

闇が、夜が、漆黒の空気が、狭すぎる部屋に充満《じゅうまん》している。扉にぴったりと背を押しつけ、吉祥は彌勒を引き寄せた。

どくどくと、心臓がうるさく胸を叩く。

遠くで、白石の声がした。

どこかの扉が、勢いよく打ち破られる音が聞こえる。洗面所の扉を、一つ一つ確かめているのかもしれない。

「あ……」

吐息《といき》のような声が、唇からもれる。

駄目だ。絶対に、声を出してはいけない。

あの男に、見つかってはいけないのだ。

「…マジ、ぶっ殺…、あの野郎…」

吉祥の腕のなかで、彌勒が憎々しげに呻く。

「声を出すな」

「動…けるか、吉祥…」

吉祥を無視し、彌勒が尋ねた。

動けるわけがない。この暗さだ。その上どうしようもない混乱が、吐き気がするほど激しく心臓を摑み取っている。

不意に、虚《うつ》ろな自嘲《じちょう》が込み上げそうになった。自分のこの取り乱しようはどうだ。彌勒に、指摘されるまでもない。

自分は、おかしい。

こうして彌勒と密着していなければ、どんな微かな均衡《きんこう》さえ、保てそうになかった。そんな自分が、弟一人を尋常ではないと決めつけていたのだ。

「……くしょう…、携帯…落とした…」

ジーンズを探り、彌勒が舌打ちした。多分更衣室で揉み合った時に落ちたのだろう。

「…吉祥、…俺、置いてけ……」

冷静な言葉に、ぎくんと吉祥がふるえる。彌勒の囁きが信じられず、吉祥は強く弟の指を握った。

「あー…、すぐ…動けるよーになる、したら、俺があいつ…ぶっ殺、す。もち、ラクショー」

「無理だ…っ」

スタンガンがどれほどの時間、彌勒から自由を奪うか、吉祥には解らない。そんな彌勒を一人闇のなかに残すなど、できるわけがなかった。

「……ハッ…、俺、誰だと思ってるわけ…? 行け……、出口まで少しだ…」

彌勒の言葉が強がりでないことくらい、吉祥にも解る。だが今こうして彌勒が動けずにいるのは、吉祥のせいではないか。

それでも彌勒は、吉祥自身の安全を最優先に考えろと、そう言うのだ。

「置いてなんか行けるか…! それに……」

声が、ふるえる。

子供のような声だ。実際自分は小学生で、暗闇で抱く彌勒もまた、あの時の幼い弟のように思えてくる。

「…それに…、俺一人じゃ無理だ」

吐き出した言葉に、喉の奥が焼けるように痛んだ。

愚かすぎる。

闇を共有した弟と離れれば、自分を侵《おか》した闇もまた棄てられると、期待した自分の浅はかさはどうだ。弱い自分はどうしようもなく愚かで、そして誰よりも臆病《おくびょう》だった。

「…なこた…ねー、って。できる…」

「できない。俺は……」

鼻腔《びこう》を刺した痛みに、声が掠れる。

先程よりもはっきりと、白石の声が聞こえた。談話室の辺りに、いるのかもしれない。

声を出すのも怖くて、吉祥は彌勒の口を掌で覆い、体を固めた。

浅い呼吸だけが、聞こえる。

いっそこの残酷で、なんの救いもない闇に溶け込んで、消えてしまいたい。恐怖そのものと一体となれば、苦しみ諸共《もろとも》自分自身が消滅するのではないかと、無益な期待が胸を焼いた。

窒息しそうな車のトランクで、自分は同じことを望んだはずだ。この瞬間に蹲る場所こそ、狭い、トランクなのかもしれない。

聞こえるのは早い鼓動と、息遣い。じっと息を殺していると、本当に彌勒の手を掴んでいるのかどうかも、解らなくなった。

境界など、どこにもない。

密着した彌勒の体温は自分のそれであり、痺れた指先はぴったりと癒着《ゆちゃく》して、二度と離れない。

たった一つの、自分の体。

睫一つ動かすことなく、吉祥は焦点《しょうてん》も定まらない闇を凝視した。

「…っ……」

体の末端に、電流が流れる。

繋がり合った指先が動くのを感じ、吉祥は息を止めた。

動いては駄目だ。

しかし吉祥の意志に反し、身動ぎは止まらない。一瞬、吉祥は腕のなかで鼓動するぬくもりがなにかを思い出せなかった。

彌勒。

その名前が、初めて接するもののように胸に閃く。それは吉祥から、浅い呼吸すら奪い取った。

「ぁ……」

「ごめんな……」

手探りで床に手をついた彌勒が、苦しみながら体を捻る。視界が利かない闇のなかでさえ、二つの双眸が自分を見ているのが解った。

「…すげ、ダッセー…。吉祥を…守る、つったのに……」

苦すぎる悔恨《かいこん》の声が、歯軋《はぎし》りを伴い唇を撫でた。噛み締めた奥歯を、嗚咽のようにふるわせたのはどちらだったのか。

「違…っ、そんなわけあるか、お前はいつでも……」

彌勒はいつでも、吉祥を守ってくれた。この瞬間も、自分を支えてくれるのは彌勒だけだ。

吉祥。

彌勒が口にしてくれた名を、繰り返す。それは目を焼く生命そのもののように、じわりと胸に染みた。

整髪剤で固められた彌勒の髪に触れると、犬のような仕種で額が額へ押しつけられる。冷たい汗を浮かべた自分の額に対して、彌勒の肌は乾いていた。

熱を確かめるように、彌勒の唇が瞼の上に落ちる。すぐにそれは性急な動きで、頬を撫で、唇へ移動した。

「ん……」

薄い吉祥の唇を、舌先が舐める。焼けるような熱さと、なめらかな舌先は、吉祥を包む闇のどの感触とも違っていた。

「マジ、頼むわ……、行け、逃げろ…」

吉祥の額に額を押しつけ、彌勒が唸る。返答の代わりに、吉祥は強張った両手で、彌勒の頬に触れてみた。

ひやりとした彌勒の顔は、長い吉祥の指でも一包みにはできない。真っ直ぐに伸びた鼻梁と、眼球の存在を感じさせる瞼を、指の腹で慎重に撫でる。

そこにいるのは、小学三年生の弟ではなかった。日ごとに男の匂いを身につけ、大人の肉体に近づく、仁科彌勒だ。

「……すまない、彌勒。俺のせいだ」

言葉の一つ一つを舌で押し潰し、吉祥が囁く。掌で包んだ彌勒の顔が、ちいさく左右に振られた。

「すぐに、迎えに来る。なにがあっても、声を出すなよ」

安堵の息で、彌勒が応える。なるべく扉から離れた場所へ、吉祥は弟を横たえた。

「…吉祥…？」

手に触れたものを引き寄せると、彌勒の声が訝しげに掠れる。応えず、吉祥は古びた柄を握り締めた。誰かがリンクに置き去りにしたのだろう。素手で握るスティックは、妙に細く頼りないものに感じられた。

「吉……」

起き上がろうとする弟を振り返らず、把手に手をかける。慎重に開いた扉の隙間から、磨き上げられた氷のような闇が頬へ触れた。

ぐっと胃を締め上げられるような目眩が、込み上げる。

今すぐ扉を閉じ、弟の体温に密着したい。その強烈な誘惑《ゆうわく》を、吉祥は奥歯を噛んでねじ伏せた。

立ち上がれない弟を守ることができるとすれば、それは自分だけだ。

大きく息を吸い、体の内側にまで浸透する闇へ、沈むように踏み出す。非常灯の明かりがあるとはいえ、それは吉祥の視界の助けにはならなかった。

白石の声は、聞こえない。

カウンターの陰に蹲り、廊下を覗こうとして吉祥は息を詰めた。

「見ぃつけた」

粘ついた声が、耳元で囁く。

白石だ。ぎょっとして身を翻そうとした肩を、二本の腕が突き飛ばした。

「痛……っ…」

「おいおい仁科君。今はホッケーの時間じゃないよ？」

音を立てて壁にぶち当たっても尚、スティックを放さない吉祥を白石が笑う。夜目《よめ》が利かない吉祥とは違い、白石には非常灯の明かりでも充分な視界があるはずだ。

「それよりも、聞かせてくれないか。あの事件の時、なにがあったのか」

白石の声は、ずっと遠くで囁いているようにも、近くで怒鳴っているようにも聞こえた。

「黙…れ…」

「悪戯《いたずら》とかされちゃったの？　どうなの？　どんな気持ちだった？」

頭の芯が、ぐらぐらする。

白石の声と闇とが汚泥《おでい》となり、窒息を誘うのを、吉祥は頭を振り追い払おうとした。

「三日近くも狭い場所で泣いてたんだよね。怖かったでしょ？　死んじゃうって思った？」

隔《へだ》てた闇そのものの脈動を通して、全身が白石の興奮に曝される。

白石の妄想のなかで、吉祥たち兄弟の命を支配した犯人は、白石自身に置き換えられているのだろう。子供とはいえ、人間の生命を意のままに操《あやつ》る想像は、白石を神であるかのように高揚させているに違いない。

「さあ言えよ！　どんなだったのか」

怒声に打たれ、吉祥の足が床を蹴る。鼻先の闇が動き、壁を殴りつける音が響いた。反射的に、握ったスティックを振り上げる。

ごつりと、直接骨に刻まれる手応えがあった。

「ぎゃっ！」

甲高い悲鳴が、闇から迸る。

「な、なんてことするんだ！　血…血が…」

上擦る声が、暗闇を騒がせた。ぽっかりと口を開く闇の中心で、スティックを構えたまま、吉祥が半ば呼吸を止める。

アイスホッケーの試合において、選手に強いられるのは全力疾走《しっそう》と同じ無酸素運動だ。窒息の苦しみを凌駕《りょうが》する脳内麻薬《エンドルフィン》が、選手同士の激しい激突の痛みを和《やわ》らげる。

氷上への最初の一蹴りを踏み出すように、吉祥は深く深く息を吸った。

「ああ…、本当に痛い。ひどい…、君も、弟も……」

情けなく声をふるわせ、白石が苦痛を吐き散らす。じっと、吉祥は暗がりに目を凝らした。

「大人をこんな目に遭わせて。どうなるか解ってるのか？」

闇を流し込んだ夜の底に、一瞬、青白い火花が飛び散る。それを捉えたと思った瞬間、吉祥は自分に迫る影を見た。

瘦せた、男だ。

熊のような体軀《たいく》でもなければ、威圧《いあつ》的な力強さもない。あの日の男とは違う。切れた口と鼻から血を流し、目を血走らせた、貧相《ひんそう》な男だった。

「ぐあ…っ」

突き出したスティックが、白石の顔面を直撃する。

「やめ…っ！　やめるんだっ！」

悲鳴が響く廊下で、吉祥は力の限りスティックを振り上げた。壁に先端がぶつかったが、構わず何度も振り下ろす。

「た…頼む、もう……っ！」

廊下に崩れ落ちた白石が、泣き声を上げた。ふるえながら蹲る男は、もう動かない。ごとりと、吉祥の指からスティックがすり抜ける。

「…ぅ…」

呻き、闇に足を取られるまま、吉祥は壁に縋った。戻らなければ。ふらつく足が倉庫を目指し、歩き始める。

彌勒。

ずぶずぶと体を呑み込む闇の泥濘《ぬかるみ》で、一足ごとにその名前だけが浮かんだ。溺れそうな体を引き摺る吉祥の背後で、ばちん、と乾いた音が爆《は》ぜる。

「クソガキが…っ」

振り返った視界に、スタンガンの青い閃光がくっきりと焼きついた。

立ちつくす吉祥の頭上で、闇が大きな口を開ける。だがそれは吉祥を呑み込むことなく、悶絶《もんぜつ》した。

「ぎゃぁああっ」

より黒い影が闇を遮り、吉祥の視界を覆いつくす。くの字に折れた白石の体が、人形のように吹き飛んだ。

暗黒に溶ける黒い着衣を身に着けていてさえ、吉祥には弟の姿が見えた。

「彌勒…」

言いようのない安堵が、込み上げる。

名を呼び、吉祥は萎えそうな足で踏み出した。

「彌勒……」

力の限り呼びかけたはずの声が、細くなる。弟は、振り返らない。

拳を固めた彌勒が、まだおぼつかない足取りで、白石へ近づいた。

「…ぅ…ぐ……」

逃げようともがく白石の手が、スタンガンに伸びる。それより早く、彌勒の足が白石の手諸共それを蹴り飛ばした。

「ひ……」

辛《かろ》うじて顔面を庇い、這い逃れようとしたが無駄だ。彌勒の腕が泣き叫ぶ白石を摑み上げ、拳を振るう。

ごきりと響いた鈍い音が、吉祥の骨をも軋ませた。

「彌勒……」

掠れた声にも、弟は顔を上げない。

「彌勒…っ!」

呼吸を落ちつかせた彌勒が、頓着なく白石を打った。それはあまりにも一方的で残酷な、暴力だ。

「やめてくれ…ッ」

這うように進む吉祥を、初めて彌勒が振り返る。

汗一つ流していない弟の顎に、ちいさな黒い血の汚れが飛んでいた。返り血を浴びる彌勒の眼には、怒りや残忍《ざんにん》な熱情はおろか、どんな表情も浮かんではいない。

射抜かれる双眸の冷たさに、吉祥は血が冷える恐怖を味わった。

「よせ……、もう充分だ…」

「ブッ殺すつったろ…」

無造作に、彌勒が拳を振り上げる。骨と骨とがぶつかる音が響いて、拳が白石の頭を強打した。

「…っ…」

「怖かったら、眼ェ瞑《つむ》ってなお兄ちゃん。すぐ、終わっから」

迷いのない眼が、白石を見下ろす。

裂けて腫《は》れ上がった白石の唇からは、もう悲鳴すら上がらない。

「やめろ!　それ以上殴ったら…」

張り上げたつもりの声が、無様に掠れた。恐ろしくて、ごつごつとした彌勒の拳から目が逸らせない。

彌勒の拳が宿すのは、人の命を絶つには充分な力だ。

「死ぬかな？」

不意に、彌勒の唇に笑みが過る。

その鮮やかさに、吉祥は言葉を失った。

「構わねーんだわ俺。お前以外が生きよーが死のーが、全然、気になんねぇの」

むしろみんな、殺してやりてー。

声を上げ、彌勒がちいさく肩を揺らした。その横顔には、わずかな気負いもない。狂気の歪みさえない彌勒の眼は、正気そのものだ。

ぐらりと、頭の芯が揺らぐのを吉祥は感じた。

底なんか、見えはしない。

彌勒が宿す暴力と闇の深淵は、吉祥を溺れさせる漆黒よりも尚暗い。

「ごめんな、吉祥」

べったりと血で汚れた拳が、持ち上げられる。それは彌勒自身へ振り下ろされる、鉄槌《てっつい》のように見えた。

「やっぱ、お前の弟は返してやれそうにねーわ」

容赦なく、拳が宙を裂く。

潰される闇の悲鳴まで、聞こえてきそうだ。脳天から自分を呑み込む目眩を踏みつけ、吉祥は床を蹴った。

「っ……」

堅い拳が、吉祥の耳元を掠る。恐ろしい恐怖の中心を見据え、吉祥は彌勒の腕にしがみついた。

「吉……っ…」

「嫌だっ！」

驚くほどの大声が、闇に反響する。

「返してくれッ」

彌勒の双眸が、苦痛の形に歪んだ。

どす黒く染まった拳に、ぐっと新しい力が籠《こも》る。

「…っ……」

振りほどかれまいと、吉祥は持てる限りの力で身を乗り出した。呼吸一つ乱さない彌勒の唇へ、自分の唇を押し当てる。

「吉祥……」

ぶつかるように触れた彌勒の唇は、少し荒れていた。

「弟だけじゃ足りないのか？」

しがみついた体が、ぎくりと強張る。

「彌勒までなかったことにしろって言うのか…？　俺の…」

彌勒に取り憑いた暴力という狂気を、自分を苦しめる暗黒を、吉祥が呪わなかった日は一日もない。

あの日の闇さえなかったら、弟の眼に拭えない狂気の色を見ることも、暗闇に怯えることもなかった。

闇のなかでねじ曲げられ、形を変えた自分たちの欠片を掻き集めて、真っ当な姿を取り戻したい。

あの闇のなかで、自分はあまりに多くのものをなくしすぎた。そして同じだけ多くのものを取り戻したいと、望みすぎた。

「頼む…」

ふるえる吉祥の指が、彌勒の頬に触れる。

逃げることも、棄てることも、できるはずがなかった。

あの日なくした破片に触れられるとしたら、それは決して一人では為《な》しえない。欠けてしまった自分と彌勒は、二つでようやく一つの形に近づけるのだ。

「どんな形になったって、彌勒は彌勒だ。お前まで諦めるなんて、俺にはできない」

もう一度、吉祥は彌勒に唇を寄せた。なんの技巧もなく、唇を触れさせる。冷えた彌勒の唇に重なった瞬間、ぴくりと揺れたのは吉祥の肩だった。

「彌勒……」

それは闇のなかで混ざり合った、心臓の半分の名だ。噛み締めるように呼んだ吉祥の肩を、強い力が摑み取る。

振り解かれるのか。

冷たい痛みに息を詰めた吉祥を、彌勒の眼光が間近から凝視した。

「……今ここで殺しちまわねーと、手遅れになるぜ…」

感情を欠いた声が、低く告げる。

なにを殺すと、彌勒は言うのだろう。意識を失っている白石か。あるいは理《ことわり》を外れ兄に妄執《もうしゅう》する、

自分自身の感情だろうか。

静かに、吉祥は首を横に振った。

「マトモになりたかったんじゃねーのかよ、お兄ちゃん。こんなクズ、消しちまえ」

決然と繰り返した彌勒の体に、両手を回す。初めて彌勒の声に混ざった怯えに、吉祥は目を閉じた。

彌勒は、闇を懼れたりしない。歪《いびつ》な自らの半身を憎んだりもしなかった。それどころか、愛してさえくれた。なによりも。彌勒自身よりも、強く、深く。

「解ってンだろ？　元には戻れねー。弟にも。戻る気なんかねーんだ」

血が噴き出す瞬間のように、彌勒の声がふるえる。その痛みを和らげてやりたくて、でも手段を知らなくて、吉祥は彌勒を引き寄せる腕に力を込めた。

「俺だって、戻れない」

絞り出した声音は、囁きに近い。

「でも、逃げないから。だから、お前も、どんな姿でもいいから、俺と一緒に、いてくれ」

何故体の半分を残して、一人で生きてゆけるなどと、自分は考えたのだろう。

どんな言葉ももどかしくて、鼻腔が痛んだ。

強く彌勒を抱いた吉祥の背中に、熱が触れる。ぎこちなくふるえる、彌勒の掌だ。

体温が、染みる。

「……アッタマ悪すぎんじゃねーの、お兄ちゃん…」

苦く歪んだ強がりに、吉祥は少しだけ笑った。

「それは、お互いさまだろ」

血に汚れた彌勒の腕が、確かめるように力を増す。強く締め上げられ体が軋んだが、そんなことはどうでもいい。

解け合う体温と暗闇の底で、吉祥は目を閉じた。


機械的な拍手が、講堂《こうどう》に響く。

席の一つに腰を下ろし、吉祥もまた拍手をした。しかし壇上《だんじょう》でどんな話がなされていたのか、少しも頭には残っていない。

迎えられる新入生の立場でありながら、吉祥は式の進行に、まるで興味を持てなかった。

「辛気臭《しんきくせ》ぇ面」

ぼそりと、右隣からもれた声に、視線を向ける。同じ制服を身に着けた氷室が、行儀《ぎょうぎ》悪く長い脚を椅子の上で抱えていた。

「お前ほどじゃないだろう」

「ここ、寒すぎんだよ」

忌々《いまいま》しげに吐き捨てた氷室は、今すぐにでも席を立ち、暖を取りに行きそうな寒がりようだ。そんな氷室と比べてさえ、自分の顔色は暗いのだろう。

目まぐるしくすぎたこの二週間が、虚ろな胸を包んだ。

リンクで白石と対峙した晩から、それだけの時間が経とうとしている。

彌勒に殴られた白石は、命に別状はなかったものの、鼻骨《びこつ》や顎、肋骨《ろっこつ》を砕かれ入院を余儀《よぎ》なくされた。兄を守るためとはいえ、弟の暴力の苛烈さには、現場に駆けつけた警官も言葉を失っていた。

しかし事情聴取《じじょうちょうしゅ》の結果、浅野を襲った白石の余罪《よざい》や、兄弟が過去同様の事件の被害者であったことから、彌勒が混乱のあまり、過度《かど》の暴力を振るったのも故意《こい》ではないと判断された。勿論兄弟揃って、警察で長い説諭《せつゆ》を受けることになったが、そんなものはなんでもない。

瞬く間にすぎる時間は、同時に吉祥の新生活の準備期間でもあった。まるで実感を伴わないまま引っ越しの用意が終わり、今日この入学式を迎えたのだ。

厳粛《げんしゅく》な講堂の空気が、不意に揺れる。壇上に上がった新入生の代表が、緊張のせいか音を立て転んだらしい。

父兄席からも忍び笑いがもれていたが、吉祥にはなにも面白くは感じられなかった。

壇上に目を向けながら、左手の人差し指をそっと撫でる。昨日家を離れる直前まで、彌勒が触れていた場所だ。

皮膚に残る記憶は生々しいのに、傍らに弟の体温はない。一昨日の晩、二人きりの部屋ですごした時間が、なまぬるく首筋を舐めた。

同性の、しかも血が繋がった兄弟が共有するべき時間でない。解っていても、弟の手を振り払うことはできなかった。

できる限り、電話をする。家にだって、なるべく帰るから。求められるまま交わした約束が、胸を蝕む。彌勒が望むような、体を繋ぐ関係にはどうしても戸惑いを隠せない。それでも今すぐ甘ったれた弟に小言をもらし、寝癖《ねぐせ》に撥ねた髪をつまんでやりたかった。

体の、どこかも解らないほど奥底から、際限なく湧き上がる痛みが不快で、奥歯を噛む。幸い、涙など一滴も流れそうになかった。全ては吉祥が選んだことなのだ。

彌勒と離れ、過去を棄てて生きて行けるつもりでいた自分に対する、これは罰《ばつ》なのだろうか。愚かな自分に、なにかしら贖罪《しょくざい》の法があると考える方が傲慢《ごうまん》なのは解っている。

だが三年だ。その絶望的な長さを思う。

講堂の扉が開かれる気配があり、ざわりと、空気がふるえた。足音に続き、乱暴に腰を下ろす音が背後で聞こえる。氷室が寒さに耐えかねて出て行ったわけではなく、遅刻して来た生徒が、吉祥の後ろ辺りに座ったようだ。壇上では、まだ新入生代表が蒼白《そうはく》になったまま挨拶を続けている。

身動ぎ一つする気力のない吉祥の肩に、なにかが触れる。

背後の席の生徒が、吉祥を突いたのだ。

振り返らずにいると、もう一度、今度は強く肩を叩かれる。怒鳴り出したい激情が衝き上げ、吉祥は自分の情緒《じょうちょ》がいかに不安定かを思い知った。ゆっくりと呼吸を整えようとした吉祥の肩を、今度は痛むほど強い力が揺する。

「なにか用か」

怒りを押し殺し、吉祥は後方に視線を巡らせた。その頬に冷たいものが触れる。下品なほど赤い包装紙に包まれた、薄い箱だ。

「なんのつもり……」

訝しげに眉を寄せた吉祥の痩身《そうしん》が、凍りつく。

「な…」

吉祥が座る椅子の背凭《せもた》れに、真後ろの席の生徒がだらしなくもたれかかっていた。間近にある顔が、にやっと笑う。

「入学祝い」

形のよい唇が、告げた。

自分を見るその眼を、忘れるはずがない。

「彌勒……」

自分の声を聞いても、吉祥は目に映る全てが現実のこととは思えなかった。

未練たらしく弟を思い返す自分は、ついにこんな幻影を見るまでになってしまったのか。

「なーに固まってンの、お兄ちゃん。俺にも入学祝いくれよ。スッゲエやつ」

口吻けをせがむ子供のように、彌勒がわざとらしく唇を尖らせる。

「……なんで、お前……自分の学校の入学式は…」

まるで自分の体を借り、誰かが口を動かしているようだ。頭のなかが、真っ白になる。

「あー？　ちゃんと出席してんだろ。こーしてよ」

新入生であることを示す胸の花飾りを、彌勒が指で弾いた。そっくり同じものが、吉祥の胸にも飾られている。

嘘だ。

鼓動が胸を叩くが、全く言葉が浮かんでこない。

「喜んでくんねーの？　吉祥」

ただ目を見開くことしかできない吉祥へ、彌勒が額を寄せる。馴染んだ体温を間近に感じた途端、熱い塊が胸を迫り上がった。

悲しみでは流れることがないと思った涙が、不意に込み上げそうになる。

「まさか、彌勒、本当にお前……」

「本物だって証明して欲しいわけ？　ここでパンツ脱いで？　大胆なお兄ちゃんね」

笑いながらベルトに手をかけた彌勒を、吉祥が平手で叩く。痛ぇ、と呻いた弟の体は、幻《まぼろし》などではなかった。

「初日から遅刻かよ」

彌勒の悲鳴に、氷室が振り返る。舌打ちで応えた彌勒に、吉祥は眉をひそめた。

何故氷室は、彌勒が突然現れたにも拘らず、驚いていないのだろう。吉祥の表情に気づいた氷室が、にやりと笑った。

「言ってなかったか。俺、お前の弟が卒業できる方に、賭けてたって」

「…それは聞いていたが、どういうことだ」

問い返す吉祥の声が、低く掠れる。

「弟は兄貴と同じ学校に進学したい。俺は使える部員が欲しい。問題は、弟が無事卒業できるかどうかだった」

「ちょっと待て」

「偶然にもお前の進学先を知ってたし、弟もホッケーやるのは吝《やぶさ》かじゃねえって話だしよ。だから俺は、弟が卒業できる方に賭けたってわけだ。結果は無事合格、卒業で万々歳《ばんばんざい》」

「待てって言ってるだろ！」

寒そうに縮こまる氷室の胸倉を、吉祥は怒りに任せて摑み取った。周囲の生徒が、ぎょっとして振り返る。

「おかしいだろ、今の話！」

慌てて声を落とした吉祥に、氷室が心外そうに目を眇めた。

「どこがだ」

「ど…。全部、お前らの都合だけじゃないか！　俺の気持ちはどうなるんだ！」

ただでさえ地獄耳の氷室に、隠しごとをするのは無意味だ。だがそれ以上に友人だと思うからこそ、進路についても素直に話した。その結果が、これか。

「売りやがったな…」

嚙み締めた奥歯の間から、低い声がこぼれる。ちらちらと三人を振り返る周囲の生徒たちを眺め回し、氷室が眉をひそめた。

「人聞き悪ぃな。ちゃんとみんなハッピーになったろ。お前も、吉祥」

違うと、そう叫んでやりたい。

しかし氷室を罵倒できない自分が悔しくて、吉祥は彌勒を睨んだ。

「……いつから知ってたんだ。…いや、どうして今まで……」

彌勒がここに進学するということは、遅くとも二月上旬の入学試験を受けたということだ。その時にはすでに、彌勒は兄の企《くわだ》てを知っていたことになる。

「二カ月もお前…知っていて……！」

声に出して、吉祥は改めてその時間の長さを思い知った。

あの日、明かりが消えた自室で切り出されるまで、彌勒は一度も真実を知っている素振りなど見せなかった。なによりこの二週間はどうだ。実は同じ高校を受験していたなど、彌勒はおくびにも出さなかったではないか。

「どーして話してくんなかったの、とか、ンな下んねーこと言わねえよな。お兄ちゃん」

背凭れに両肘を預けたまま、彌勒が光る眼で吉祥を見る。

「……っ…」

言われるまでもなく、最初に秘密を持ったのは吉祥だ。二カ月間も告白を待っていてくれた彌勒を、責める立場にない。

それでも、一昨日のことを思い出すと気道《きどう》がひりひりと熱くなった。この二週間、彌勒は近づく別れを口にしては、罪悪感で身動きが取れない吉祥に触れてきた。

特に一昨日など、どれほどの無理難題を強いられたか思い出したくもない。

「…じゃあなんだ、昨日の俺のあれは、やらせ損か」

胸に湧いた怒りの火に炙《あぶ》られて、思わず吐き捨てる。

「…は？　なに言ってんの、こいつ。つか、損ってナニ。吉祥もまんざらじゃな……」

弟の言葉の終わりを待たず、立ち上がって殴りつける。ごつりと響いた鈍い音に、教師から咳払《せきばら》いが上がった。

「……ひっで、本気で殴りやがったな！　入学祝いまで買って来た弟に、この仕打ちはナシだろッ」

舌打ちをした彌勒が、椅子を蹴散らして立ち上がる。殴り合いの喧嘩が始まるのか。身構えた周りに構わず、彌勒が吉祥の左隣に座る生徒の襟首を摑む。

「っ…」

悲鳴も上げられない生徒を後ろの席へ放り投げ、彌勒が座席を乗り越えた。呆気に取られている周囲をよそに、吉祥の左隣の席に滑り込む。

「なんだ、これは…」

身構える吉祥の手に、彌勒が真っ赤な包みを押しつけた。

「だーかーら、入学祝いじゃねーの。俺セレクト。超セクシーなガーターベルト」

「な……」

思わず突き返そうとした吉祥の肩を、長い腕が素早く巻き取る。ぐっと強い力で首筋を引き寄せられ、首が絞まると同時に互いの額に額が迫った。

「彌…」

「まさか、昨日のあれくれーで傷ついたボクの気持ちが収まる…いや、癒《いや》されちゃうとか思ってンじゃねーだろうな」

愉快そうに低められた声に、吉祥は双眸を瞠った。

唇が触れそうな距離で光る彌勒の眼は、少しも笑ってはいない。

「待て、彌勒…」

壇上ではまだ新入生代表が、しどろもどろに挨拶を続けている。だがもう誰も、そんなものは聞いていない。

「なんつったっけ。毎日電話してェ、時間作って会ってくれンだったよなァ。他にも入学式《ここ》じゃ言えねーようなこととかさァ。ホント、スバラシー三年間になりそーだと思わね？」

額を寄せたまま、彌勒が奪い取った約束を繰り返す。真新しい約束を、吉祥も勿論忘れていない。

だがそれがこの先三年間有効だと言われれば、話は別だ。

「超ウレシーだろ？　吉祥」

ぎりぎりと強い力で引き寄せられ、息苦しさに喘ぐ。

「嬉しいって言えや、コラ」

心臓の半分を分け合った男が、低く凄んだ。

「こ…っの悪魔《あくま》があ…！」

怒りと悔しさに眦《まなじり》を吊り上げ、吉祥は拳を突き上げた。

ブラザー×ジュリエット

物音を、聞いた気がした。

ぎくりと肩を揺らし、仁科吉祥《にしなきっしょう》は視線を巡《めぐ》らせた。吹きつける風が、南に面した窓を揺らす。

磨《みが》き上げられた飴《あめ》色の床と同様、窓枠《まどわく》も重厚で、この寮《りょう》が耐えてきた年月の長さを思わせる。

窓の外に犇《ひしめ》く夜の暗さに、吉祥は目を凝《こ》らすことができない。すぐ側《そば》まで迫《せま》る桜の枝が、窓硝子《ガラス》に当たっただけだろうか。変化のない様子《ようす》に緊張を解《と》こうとした瞬間、大きな音が響いた。

「…っ…」

がしゃんと甲高《かんだか》い音を立てて、硝子が割れる。暗がりから伸びた腕《うで》が、慣れた動きで鍵《かぎ》を開いた。

途端にひんやりとした風が胸元《むなもと》を撫《な》でて、薄墨《うすずみ》色の夜が流れ込む。

「セキュリティー最悪じゃね、お兄ちゃん。変質者が登ってきたらどーすんの」

棒立ちになる吉祥の唇《くちびる》を、だらしのない声が舐《な》めた。

風に煽《あお》られた桜の花弁を背に、見知った男が舌打ちをする。窓枠に足を引っかけ、仁科彌勒《みろく》が兄を見下ろした。

不満そうに尖《とが》らせた唇とは対照的に、その双眸《そうぼう》は感情の変化に乏《とぼ》しい。いつか映像で見た、猛禽《もうきん》の眼球を思わせる。磨き上げられた貴石のように輝きながらも、それは決して内面の動きをのぞかせない。

「お…お前以上の変質者なんかいるか！　大体なにやってるんだ、こんなとこで…！」

吐き出した声が、無様《ぶざま》に裏返る。

ここは寮の二階だ。

夜の静寂《せいじゃく》が崩《くず》れ、幾《いく》つかの声が上がる。硝子が割れた音を、寮の者が聞き留めたのだろう。

「吉祥のために、恋の翼《つばさ》で飛び越えてきてやったんじゃねーの。もっと素直に喜べよ」

芝居がかった台詞《せりふ》を吐いて、彌勒が窓枠から身を乗り出す。はっとして身を引いたが間に合わず、べろりと唇を舐められた。

舌の感触とぬれた冷たさに、ぞくりと痺《しび》れが走る。つい先日までは、露《つゆ》ほども知らなかった感覚だ。

「お、俺《おれ》はいつだって素直だ。心底迷惑だから今すぐ出ていけ」

「自己認識甘すぎだろテメェ。まー俺はスナオでカワイー弟君だから？　ヤらせろ？　つかシよ？」

甘ったれた仕種《しぐさ》で小首を傾《かし》げ、彌勒が兄の首筋を引き寄せた。

その腕の強さに、加減なく弟の頭を叩く。

「ふざけるなっ！　何度言えば解《わか》る、ここはお前の部屋じゃない。自分の寮へ戻れ！」

第一学生寮の第一棟に暮らす吉祥に対し、彌勒が部屋を与えられた第二学生寮は遙かに遠い。二つの距離は、絶望的と言っても過言ではなかった。

侵入者に気づいた寮内が、慌《あわ》ただしい空気に包まれる。遠くで上級生の声と合図《ノック》とが上がり、それは吉祥の部屋の扉《とびら》をも叩いた。

「うっせーな！　これだから童貞野郎はよー」

「彌…！」

吉祥が口を開く間もなく、彌勒が怒声《どせい》で応《こた》える。

「ファックする間くれぇ静かにしてろ！」

今、この弟はなんと叫んだのか。

騒《さわ》がしかった扉の向こうが、水を打ったように静まり返る。いかにも下《くだ》らなさそうに舌打ちをした弟を、吉祥は両手で摑《つか》んだ。

「うお」

重い体を、力任《ちからまか》せに引き剝《は》がす。不安定な窓枠の上だ。さすがに体勢を崩した彌勒が、窓枠を摑むのを許さず突《つ》き飛ばした。

「テメ…」

後先など、考えてはいられない。ぐらりと傾いだ彌勒の長身が、桜を薙《な》ぎ払って地上へ落下した。

「おい、仁科！　開けろ！」

背後の扉で、上級生が自分を呼ぶ。振り返らず、吉祥は息を詰め窓の外を覗き込んだ。

「ッてーなコノッなにしやがんだ吉祥！　恥ずかしがってんじゃねーよ、処女じゃあるまいし！」

恐ろしい薄暗がりで、撒《ま》き散らされた花弁がほの明るい斑《まだら》模様を描く。響き渡った彌勒の大声に、吉祥は考える間もなく目覚まし時計を鷲《わし》摑んだ。

「死ね、この変質者！」

叫び、勢いよく投げつける。

学内には、明確な線がある。

昨夜弟が姿を現したのは、所属する者以外が近づくことを許されない運動部寮だった。

汚い彌勒の怒号を思い出し、吉祥は薄い唇を引き結んだ。あの時弟を突き落としておいたのは、正解だった。もし上級生に見つかっていたら、どうなっていたか。

弟へ目覚まし時計を投げた後、吉祥は上級生に急《せ》き立てられ、部屋の扉を開いた。幸《さいわ》いすでに、彌勒は窓の下から逃げ去っていたらしい。不審者を捜《さが》しに出た生徒にも、捕まることはなかった。

代わりに上級生と共に寮へ戻ってきたのが、吉祥と同室の氷室神鷹《ひむろかみたか》だ。窓辺でふざけていたら硝子を割ってしまい、そのまま落ちた。部外者の侵入など知らないし、そんな者はいなかったと尤《もっと》もらしい顔で切り抜けた。

勿論《もちろん》吉祥もたっぷり説教をされたが、弟の侵入を見咎《みとが》められるよりはましだ。

「危《あや》うく兄弟仲よく学生牢《ろう》行きだったな」

厚い手袋をはめた手で、氷室が眼鏡《めがね》を押し上げる。

氷室の眼光の険しさは、四月の日射しにも満足することがない。闇《やみ》を溶かし込んだように黒い髪《かみ》をした氷室は、人一倍寒さを嫌った。アイスホッケーという氷上競技をこよなく愛するくせに、不思議なことだ。

持て余すように長い足を組む氷室を、クラスメートたちが思わずといった様子で盗み見た。そうでなくとも同級生たちが、自分たちへ向けてくる視線はどこか遠巻きだ。

「他人事《ひとごと》みたいに言うな、氷室…！」

大きな溜《た》め息《いき》を吐《つ》き、吉祥が窓の外を睨《にら》む。

高く広がる空は冷たげな薄青色だが、山の稜線《りょうせん》は明るく春の気配があった。一週間前まで自分がいた世界は、あの緑のはるか向こうだ。

四限目が終わった教室で、吉祥は白い眉間《みけん》に皺《しわ》を寄せた。

青白い瞼《まぶた》を彩《いろど》る睫《まつげ》は長く、双眸と同じぬれたような艶《つや》がある。すっきりと背を伸ばして座る清潔《せいけつ》さに、それは不思議な色香《いろか》を添えていた。

「まさか仁科弟が、合唱部に入部してやがるとはよ」

俺が用意した要項《ようこう》を、読みもせず捨てやがってあの莫迦《ばか》が。

舌打ち交じりに、氷室が絞《しぼ》り出す。余程《よほど》自分の誤算《ごさん》が、許せないのだろう。氷室に限らず、それは誰しもが予想していなかったことだ。

吉祥が所属する運動部と、彌勒が籍《せき》を置く文化部とでは、天と地ほどの差がある。

「幽霊《ゆうれい》部員になるのに、楽だとでも思ったんだろ。大体、校則で禁止されてないのに、なんで転部ができないんだ」

「部の縛《しば》りは絶対だからな。一度入ったら簡単には抜けられねぇ。文化部から運動部への転部なんて、以《もっ》ての外《ほか》だ」

舌打ちをした氷室に、吉祥は低く唸《うな》った。

「理由の有無《うむ》は関係ないってことか」

「合唱部の部長の弱味《よわみ》…じゃねえ交渉《こうしょう》材料握《にぎ》るとこからスタートだな」

不穏《ふおん》な言葉を吐いて、氷室が両手をポケットへ突っ込む。

「…氷室、お前またなにかやる気か」

目の前の友人は、自《みずか》らが所属するアイスホッケー部のためになら、実際手段は選ばないだろう。警《けい》戒《かい》を露《あらわ》にした吉祥に、氷室がにやっと笑った。

「必要な範囲《はんい》でな。お前の弟、このまま合唱部にくれてやるには惜《お》しいだろ。身体能力は高《たけ》ぇし、なによりあの肝《きも》だ。加減と恐怖のリミッターがぶっ壊れてやがんだろうけどよ。いい選手になるぜ、あいつ」

悪びれない様子で応え、氷室が立ち上がる。

「…学食、行くぞ」

戸口へ向かった氷室を追い、吉祥はもう一度溜め息を吐くと教室を出た。白く漆喰《しっくい》が塗《ぬ》られた壁を、風がやわらかに撫でる。

寮と同様に、煉瓦《れんが》造りの校舎もまた古い。聞くところによると、大正《たいしょう》時代に建てられた教会を中心に、昭和《しょうわ》の初めに学舎《がくしゃ》を作り足《た》したらしい。高い位置にある硝子を見上げると、ほんの少し空が歪《ゆが》んで映った。木製の窓枠だけでなく、硝子も古い時代のものがそのまま使われているのだろう。飴色の光沢がうつくしい階段を下りると、渡り廊《ろう》下《か》の向こうに食堂が見えた。

ステンドグラスから光が差し込む食堂には、テーブルが整然と並べられている。その中央を抜け、吉祥はひっそりと唇を引き結んだ。

「すっかり顔を売ったたな、吉祥」

氷室に指摘されるまでもなく、幾つかの視線が自分を振り返るのを感じる。先程通ってきた廊下でも同じだ。吉祥の容貌《ようぼう》を目にした一人が、隣に立つ生徒を肘《ひじ》で小突く。視線を上げた生徒が、吉祥の双眸とかち合い、ぽかんと口を開いた。

無理もない。

娯楽《ごらく》の少ない山のなかだ。入学式早々、騒ぎを起こした新入生に、興味を持つなと言う方が難しいだろう。

「入学式の最中にイキナリ暴力沙汰《ざた》じゃしょーがねえよなァ。しかも馬乗りで」

にやにやと笑う氷室を、横目で睨む。

入学式が執《と》り行われた講堂は、新入生代表が挨拶《あいさつ》を終えるのも待たず騒然《そうぜん》となった。

突然立ち上がった吉祥が、隣に座る彌勒へ襲《おそ》いかかったのだ。

右隣に座っていた氷室は、最初から友人を止めるつもりなどなかったのだろう。駆けつけた教師に引き離されるまで、吉祥は実弟に馬乗りになり、闇雲《やみくも》に殴《なぐ》りつけた。

「責任の半分は、お前にもあるだろう」

木製の盆《トレイ》を手にし、吉祥が憮然《ぶぜん》と呟《つぶや》く。

「彌勒がここを受験してるのを俺に秘密にしてたくせに、俺がここを受験したことをあいつに話したんだ。くそっ…半分どころか、全部氷室の責任だ」

「聞かなかっただろ。弟がどこ受験するか知ってるか、って。それに前も言ったが、俺はお前に、口止めをされた覚えはねーしな」

涼しい顔で応え、氷室が盆に昼食を載《の》せる。

真っ赤なトマトソースがかかった、パスタだ。日替わりの野菜スープと、奥の石窯《いしがま》で焼いているというパンを盛る。吉祥は魚料理と米飯の皿を選び、薄い唇を引き結んだ。

「口止めしておけば、話さなかったのか？」

自分の弟の受験先を、学校の違《ちが》う友人に尋《たず》ねるはずがない。同時に自分がどこを受験するか、弟には秘密にしてくれと、氷室に頼んだ事実もなかった。

「必要な範囲でな」

涼しい顔で肩を竦《すく》め、氷室がテーブルへ足を向ける。入学式後、吉祥が散々《さんざん》責めた時と同じ態度だ。

「なんにしろ、今更《いまさら》がたがた言っても始まらねえ。取《と》り敢《あ》えずお前の莫迦弟を転部させねーと」

今更だなどと、お前が言うな。

思わず脛《すね》を蹴《け》り飛ばしてやろうかと考えた吉祥の隣で、固い物音が響いた。

「熱《あ》っつ！」

食器が落ちる音に悲鳴が重なり、周囲の生徒が振り返る。好奇《こうき》の視線の先で、小柄な生徒が立ちつくしていた。その足元には盆や食器、サラダが散らばっている。

こぼれたスープが、足に飛び散ったらしい。床に落ちた昼食を囲《かこ》み、体格のよい生徒が数人、騒いでいた。

「やっべマジ火傷《やけど》だぜ！　なんで俺が文化部君にスープぶっかけられなきゃなんないわけ？」

熱いと喚《わめ》く男は、上級生なのだろう。がっしりとした腕が、盆を取り落とした生徒を突いた。

「す、すみません。で、でも……」

よろめいた生徒が、吉祥の肩にぶつかる。

中学生と言われても、納得できそうな小柄な生徒だ。実際一週間前までは、そうだったに違いない。小作りな顔に眼鏡をかけた様子は、見るからに運動より勉学を好《この》みそうだ。

視線を上げ、吉祥はテーブルの間を走る通路へ目を遣《や》った。入り口から配膳《はいぜん》台まで、南北に幅広な通路が延びている。眼鏡の生徒が立つのは、そこからやや西側に寄った辺りだ。

「でも、ってなに？　植田《うえだ》君がわざとぶつかったとか言う気？」

「わざとだったらどーだってんだ。大体よォ、あそこからこっちは運動部の領土《りょうど》だろ？　秀才《しゅうさい》の文化部君が忘れちまったわけ？」

植田と呼ばれた上級生が、食堂を二分する通路を指した。

「なんで入ってくるんだ、文化部君が」

粘《ねば》ついた声を上げ、植田がもう一度生徒を突く。周囲の誰もが騒ぎに気づいているが、止める様子はない。

「…火傷したなら、早く冷やしてきたらどうですか」

静かに響いた声音に、植田が顔を歪める。声を上げた吉祥を、上級生がまじまじと見回した。

「…ナニ？　君も文化部君？」

唸る声音で、尋ねる。

通路の西側に立つ自分が、何故非難《なぜひなん》されているのか。植田には理解できないのだろう。

ばかばかしい。

唾棄《だき》したい気分で、吉祥は植田を見返した。

この学内には、幾つかの明確な線がある。

学年による、上下の区分。役職による、特権《とっけん》。そしてなにより特徴的なのが、所属する部による対立だ。

運動部と文化部。

この二つのどちらかに所属するかが、学生の立ち位置を大きく変えた。三年間をすごす寮も、学生食堂で座る席さえ、決めるのは所属する部がどこかだけだ。両者の対立の構造は、伝統という言葉に括《くく》られる。それがこの学校の、絶対的な規則《ルール》だった。

「違います」

短く応え、吉祥がすぐ傍《かたわ》らで萎縮《いしゅく》する生徒へと視線を向ける。

「清掃《せいそう》の人を、呼んできてくれ」

この場から立ち去るよう促《うなが》すが、生徒はなにが起きたか解らない様子で吉祥を見上げた。

部活単位で確立される集団性を、吉祥は否定しない。帰属する組織が明確になることで、部内の団結《だんけつ》力は強まる。反面、閉鎖的な雰囲気《ふんいき》や、部外者を攻撃する態度には賛同《さんどう》できなかった。それが自分より弱そうな者を捉《つか》まえ、多勢《たぜい》に無勢《ぶぜい》でいたぶるとなれば尚更《なおさら》だ。

「で、でも、あの……」

上擦《うわず》る声を上げた眼鏡の生徒を、背後から伸びた腕が摑む。事態を眺《なが》めていた氷室が、まだなにか訴《うった》えようとする生徒の口に、パンを押し込んだ。

「黙《だま》って行け」

面倒そうに背中を押され、生徒がよろめきながら境界《きょうかい》を越える。

文化部君に逃げられてんの、だせー、と、取り囲んでいた上級生たちが腹を抱《かか》えて笑った。無責任な歓声に、植田が怒りに顔を赤く染める。

「おい待てお前」

背を向け席に向かおうとした吉祥を、乱暴な声が呼び止めた。

「一年だろお前、なんのつもりだ」

植田の隣に立っていた男が、あ、と短い声を上げる。

「もしかしてこいつじゃね？　入学式で新入生ボコったたっていうの」

吉祥を指さし、丸刈《まるが》りの男が叫んだ。周りの生徒たちが、顔を覗き込もうと身を乗り出す。

「あー。なんか昨日も騒ぎがあったってあれか？」

「マジかよ。どこの部？」

「第一寮の？　ウッソ美人じゃん。もっとゴツイ奴《やつ》かと思ってたぜ」

口々に囃《はや》し立てられ、吉祥が奥歯を嚙《か》んだ。

「ボコったって、相手、文化部だろ」

すでにそんなことまでが、一面識もない上級生の耳に届いているのか。噂《うわさ》が広まる速さに、吉祥は唇を引き結んで氷室を見た。

「目立つの、好きなわけ？　だったらもっと簡単に目立てる方法、教えてやるぜ？」

不機嫌《ふきげん》そうに吐き捨て、植田が吉祥を見回す。

「寮の廊下、女の下着着けて歩くんだ。第二寮は毎年歓迎会でやんだけどさ。お前、第一寮？　だったら今年はそっちでも楽しめるように推薦《すいせん》しといてやるよ。第二寮の学年代表を通して、直々《じきじき》にな！」

一際《ひときわ》大きな歓声と口笛《くちぶえ》が、周囲の生徒たちから上がった。

「いいじゃん、それ！　マジこいつ顔きれいだし」

無責任な声に、入学式で弟から渡された真っ赤な箱の存在が脳裏《のうり》を過《よぎ》る。いかに閉鎖的な山のなかとはいえ、不健康すぎるのではないか。真顔で意見しようとした吉祥へ、植田が手を伸ばした。

「上級生には気《き》ぃつけた方がいいぜ。特に、俺みてぇに、コネのある人間…」

汗ばんだ掌《てのひら》が、吉祥の顎《あご》を摑む。しめった感触に、ぞっと鳥肌が立った。

ほぼ同時に、氷室が植田へと足を踏《ふ》み出す。だがそれより早く、吉祥は自分を摑む植田の腕を捻《ひね》り上げた。

「い、痛ぇ！　は、放…」

「植田先輩《せんぱい》、美濃輪《みのわ》先輩が捜してたっすよ」

喚いた植田を遮《さえぎ》って、人垣の向こうからはっきりとした声が上がる。

「学年代表選出の件で話がある…って、取り込み中っすか？」

物見高い人だかりの向こうから、背の高い生徒が顔を出した。引き締まった体つきをした、機敏《きびん》そうな生徒だ。力をゆるめた吉祥から、植田が転がるように身を振りほどく。

「い……、今、行く…っ」

吐き捨て、植田は吉祥を睨《ね》めつけると踵《きびす》を返した。

「意外と足早いなァ植田先輩。つーか上級生相手にも、一歩も退《ひ》かねーんだ仁科君！　カッコイイ！」

植田の後ろ姿を目で追った生徒が、眩《まぶ》しそうに吉祥を振り返る。赤く上気した容貌に、見覚えはない。

「マジ俺ファンになっちゃった！　手ぇとか触ってい？　あ、違った、握手《あくしゅ》して！」

飛びつく勢いで捲《まく》し立てられ、吉祥は思わず半歩退《しりぞ》いた。

初対面の相手に、一方的に名を知られているというのは、奇妙な感覚だ。握手を交わすどころか、しがみつかれそうな勢いに負け、吉祥はまじまじと相手を見た。

「…握手は…無理だが、助かった。…ありがとう」

先程はつい上級生を摑んでしまったが、支えている盆は握手を断る口実《こうじつ》になるだろうか。生真面目《きまじめ》に礼を伝えた吉祥に、生徒が再び意外そうに眉《まゆ》を吊《つ》り上げた。周囲の者たちは、もうこれ以上の騒ぎは期待できないと悟《さと》ったらしく、それぞれ食事や教室へ戻り始めている。

空《あ》いていた席の一つへ、吉祥もまた氷室と並んで腰《こし》を下ろした。生徒が当たり前のように、向かいに陣取《じんど》る。

「全っ然！　仁科君と口きけて超ラッキー。俺、入学式ん時から、あんたのこと気になってたんだ」

人懐《ひとなつ》っこい笑顔で告げられ、吉祥は飲み込もうとしたスープをぐっと喉《のど》に詰まらせた。軽く噎《む》せ、フォークを操《あやつ》る氷室を横目で睨む。

機嫌よく喋《しゃべ》る生徒は、決して悪い男には見えない。しかし入学式での騒ぎを持ち出されると、疲労《ひろう》感で胸《むね》が塞《ふさ》がった。人の口に戸は立てられないが、一人ずつ頭を殴って記憶を消し去りたいくらいだ。

「あんな騒ぎは、あれっきりだ」

眉間を歪めた吉祥に、生徒が目を瞠《みは》る。

「そう？　さっきのも充分派手だけど。でもそうじゃなくても、仁科君ならソッコー有名人だろうな。入学式ん時もそー思ったけど、近くで見るとマジ美人で腰抜けるかと思った」

真顔で頷《うなず》かれ、吉祥は今度こそスープを噴きそうになった。

「……さっきのは、部の先輩か？」

どうにかスープを飲み下し、話題が逸《そ》れることを願う。

「まあね。この学校、植田サンみたいな阿呆《あほ》が意外にスタンダードだろ？　むっさいヤローばっかで窒息《ちっそく》すると思ったら、なんかもー、お花が咲いてるし！」

嬉《うれ》しそうに、生徒が大きく息を吸った。匂《にお》いの一つでも、嗅《か》がれたのかもしれない。思わず後退《あとずさ》ろうとした吉祥に、生徒が壁の時計を振り返った。

「時間か。あ、今の阿呆ってのなしね。あんなとろい人でも一応、先輩だし」

「お前に比《くら》べりゃ、誰でもとれぇだろ」

黙ってパスタを食べていた氷室が、眼球の動きだけで生徒を見る。にやりと笑った氷室に、生徒が口を押さえた。

「やっべ。とろいって言ったのも秘密な。んじゃ、仁科君、今度ゆっくりお昼食べよ！」

椅子《いす》を鳴らして立ち上がり、通路を抜けようとした生徒が上級生にぶつかる。何度も頭を下げながら、生徒はすぐに人込みに消えた。

「……なんだろうな、あいつ…悪い奴じゃなさそうだが…」

食堂の出入り口を振り返り、吉祥がくん、と自分の肩口の匂いを嗅ぐ。ソースがついた唇を、氷室がぺろりと舐めた。

「杉浦偉須呂《すぎうらいすろ》。変な奴…その上面食《めんく》い、と」

聞き慣れない名前に、吉祥が首を傾げる。

「知り合いだったのか？」

「違《ちげ》えよ。スピードスケートの杉浦だ。お前本当に、ホッケー以外は興味ねえなァ」

呆《あき》れた声を出す氷室の皿は、すでに大方が片づいていた。残ったソースの赤さを不穏なものに感じるのは、皿を前にするのが氷室だからだろうか。

「同じリンクにいたか？」

記憶を辿《たど》りながら、吉祥は冷《さ》めかけたスープを啜《すす》った。

氷上競技にアイスリンクは欠かせないが、施設の数は少なく、全国的に見ても限られている。そのため一つのリンクを、時間によって様々な競技チームが借り、練習を行う場合がほとんどだ。種目が違っても、同じリンクに出入りしていることは珍しくなかった。

「リンクは埼玉《さいたま》だ。あいつ、デビュー戦以来一度も、関東地区代表枠からもれたことがねえ。全国大会でも、レコード出してやがる」

「すごいな。全国大会レベルの選手か」

「そんな連中珍しくねえよ、ここは。尤も、同じだけとろい奴も多いがな」

確かに、杉浦より実力が劣《おと》る上級生も多いはずだ。しかし学年による上下関係が厳《きび》しい学内において、実力以上にしがらみに捉《とら》われることも少なくないだろう。

「取り敢えず、お前が着ける下着の色でも考えとくか」

真顔で嘆息《たんそく》した氷室に、吉祥は眉間に皺を刻んだ。

「断固拒否する」


放課を報《しら》せるのは、鐘楼《しょうろう》から響く撞鐘《つきかね》の音だ。

幾重《いくえ》にも連《つら》なる音が、構内を巡って周囲の山肌に撥ね返る。

「合唱部、か」

鐘の余韻《よいん》を耳に残し、吉祥は生徒が行き交う廊下で足を止めた。窓から見える特別棟には、合唱部が使う視聴覚室などが入っている。

しかしそこで彌勒が部活動に励《はげ》んでいるとは、とてもではないが思えない。部活どころか、クラスも違う吉祥には、今日一日を弟がどうやってすごしたのか解らなかった。

春休みには、全く想像していなかった事態だ。

この山間《やまあい》の学校に、彌勒がいる。しかしお互い部屋を行き来するどころか、口をきくのも憚《はばか》られる立場だ。

同じアイスホッケーチームの先輩が進学していた関係もあり、吉祥はこの学校の寮生活や特殊な校風について、入学以前から知識があった。しかし彌勒は違う。だからこそ、入試の段階で入部先を上げるよう求められ、合唱部と記入したのだろう。事前に互いの進学先を告白してさえいれば、避《さ》けられたことだ。そうさせなかった原因は、間違いなく吉祥自身にある。

「覗きに行くのは…無理だな」

声に出して呟き、吉祥は大きく息を吐いた。

文化部の部室を、運動部員が訪《たず》ねるなど不可能だ。そうでなくても自分から、弟の顔を見に行くつもりはなかった。

解っている。これはただの強情《ごうじょう》だ。解ってはいても、彌勒に対して自分の強情さを認めるのは、やはり業腹《ごうはら》だった。

春休みを、自分がどんな思いですごしたか。吉祥の入寮によって訪《おとず》れるだろう決別に、彌勒はかわいそうなほど落胆した。それだけならまだしも、自責《じせき》の念に苦しむ兄へ手を伸ばした。

男同士で、その上血の繋《つな》がった兄弟だ。一度は強引な形で関係を持ってしまったが、だからといって抱き合うことが許される間柄《あいだがら》ではない。抵抗を払拭《ふっしょく》しきれず迷う兄を、彌勒は近づく別れを口実に好きにした。

先に秘密を作ったのは吉祥だ。彌勒が同じ学校へ進む事実を、教えてくれなかったと責めることはできない。それでも春休みに強《し》いられた時間を思うと、平静ではいられなかった。

深々と溜め息を絞った吉祥の耳が、重い物音を拾う。何事かと巡らせた視線の先で、資料室の扉が恐ろしい音を立てて開かれた。

悲鳴が、重なる。廊下を行く生徒たちが、ぎくりとして振り返った。

「く、来るなァ！」

蝶番《ちょうつがい》が弾けそうな勢いで開かれた扉から、一人の生徒が転がり出る。尋常《じんじょう》ではない絶叫《ぜっきょう》に、吉祥は息を詰めた。

なにより薄暗い入り口に立つ人影から、目を逸らせない。

「あ、お兄ちゃん」

嬉しそうに、笑われた。

呆気《あっけ》ないほどの気楽さで、枯れ葉色の髪をした男が手を上げる。

「彌…勒…、お前……」

昨夜寮の窓から突き落とした弟が、機嫌のよい顔で立っていた。

嫌味なほど長い足を包むのは、細身のブラックジーンズだ。幾つもの金属が垂れるベルトが、鈍《にぶ》い光を弾いている。何故そんなものを弟が身に着けたがるのか、また似合うのか、吉祥にはまるで解らない。

「なにやってるんだ、お前！　それに私服…！」

「着られっか、んなダッセー制服。つか、いきなり説教かよ。こいつらと大差ねーじゃねーの」

つまらなさそうに唇を尖らせ、彌勒が足元で蹲《うずくま》る男を小突く。

悲鳴を上げる生徒は、着崩した制服といい体格といい、上級生だろう。人気《ひとけ》のない資料室に、上級生。そして一見機嫌のよさそうな彌勒とくれば、思い当たることは一つしかない。

「お兄ちゃんはなにしてたの？」

泣き続ける上級生には目もくれず、彌勒が甘ったれた仕種で腕を伸ばす。打ち払おうとしたが強い腕で抱き寄せられ、鼻面《はなづら》を擦り寄せられた。

「……っ…」

「俺はずっと吉祥のこと考えてたぜ？　窓からどつき落としてくれた礼も、させてもらわねーといけねェしよ」

「なにが礼だ！　悪いのはお前の方だろ！」

思わず、大きな声が出る。驚いた様子もなく、彌勒が目を眇《すが》めた。

「会いに来てくれて超嬉しかったたって、素直に言ってみ？　まー俺、テメェの意地っ張りなとこも好きだけど？」

騒ぎを聞きつけ、廊下には生徒たちが集まり始めている。まだ蹲っている上級生を助け起こすことを諦《あきら》め、吉祥は弟の髪を摑んだ。

「痛ッ！」

「来い！」

さすがに顔を歪めた彌勒を、力任せに階段へ連れてゆく。

教室が並ぶ階を通りすぎ、吉祥は足早に最上階を目指した。屋上に続く扉には鍵が下ろされ、踊《おど》り場から先は行き止まりだ。そのため周囲に人影はない。

「なにやってたんだ、お前！」

大きな南京錠《なんきんじょう》がぶら下がった扉の前で、吉祥は初めて弟を振り返った。

「あー？　お兄ちゃんと春休みに車庫《ガレージ》でヤった時のこと思い出して、オナニー？」

「…ッ、黙れ！　今！　下で！　あの先輩となにしてたんだ！」

怒鳴り声が、白い漆喰の壁に響く。

正確には、あの先輩になにをしていたのか、だ。髪を摑んだ指に力を込めると、彌勒が犬のように首を振り、払い退けた。

「吉祥が心配するようなことじゃねーし」

「…俺がなに心配してると思ってるんだ」

低い声を絞った吉祥を、彌勒が上目遣《づか》いに見る。兄の怒りを読み取り、彌勒が面倒そうに小指を耳へ突っ込んだ。

「あの臭《くせ》ぇセンパイ捕まえて、ファックとか？」

まともに取り合うつもりなど、ないのだろう。唇を尖らせた彌勒を、吉祥は後先考えることなく蹴りつけた。

「真面目に応える気がないなら好きしろ！」

「短気、よくねーぜお兄ちゃん」

階段を下りようとした吉祥を、彌勒が摑む。同時に引き寄せられ、あまりにも簡単に足元がふらついた。

「…っ…」

「十八時間と二十五分ぶりに顔見たんだぜ？　もっと有意義なこと話さねーと」

踏み止まれず、背中から壁にぶつかる。窓から斜《なな》めに差し込む光が、弟の双眸を酷薄《こくはく》な色に照らし出していた。

不意にぞくりと、背筋《せすじ》に悪寒《おかん》が走る。

「喧嘩《けんか》はしない約束だっただろ！」

踝《くるぶし》まで伝った寒気を払うように、吉祥は摑まれた肘を振りほどいた。決して長い間捕らえられていたわけではないのに、彌勒の指が食い込んだ肘は鈍く痛んだ。

「それに運動部の寮に入り込むな！　制服を着ろ！　問題を起こすな！」

立て続けに、吐き捨てる。

刺々《とげとげ》しい言葉を声にするたび、摑まれていた肘以上に肺腑《はいふ》が痛んだ。

こんな声を、出したいわけではない。解っているのに、声は固く神経質に響いた。

「…それがお兄ちゃんの有意義な話題？」

呆れたように、彌勒が顎を上げる。

「言われたくないなら、言われないようにしろ。入学式みたいな騒ぎは、もうたくさんだ」

「あー、入学式って、贈ってやったガーターで、吉祥が俺の首絞《し》めたアレ？」

「絞めてない！」

否定した自分の声の大きさに、吉祥は喘《あえ》ぐように息を呑んだ。

「つかさー、まだ怒ってるわけ？　さっきのセンパイだって、ちょこっと撫でただけじゃねーの」

怪我《けが》なんかさせてねぇって、ホント。

彌勒の囁《ささや》きが、鼻先へ迫る。反射的に引いた後頭部が、固い音を立てて壁にぶつかった。だが痛みに呻《うめ》く余裕はない。

昨晩を除《のぞ》けば春休み以来、こんな近さで彌勒の呼吸を感じたのは初めてだ。腕を伸ばし距離を取ろうにも、唇へ口が重なる方が早かった。

「っ…あ…」

恐ろしい怒声や、汚い揶揄《やゆ》を吐く口のくせに、重なる感触はひどくやわらかい。唇を挟むように吸われ、ちゅ、とちいさな音が上がった。

「彌……」

かあっと顳顬《こめかみ》のあたりに血が上《のぼ》る。春休みの記憶が心臓から蹴り出され、血液と共に全身を巡った。

弟の、唇だ。たとえ容貌は全く似ていなくても、間違いなく血を分けた、弟の。

喘いで肺を膨《ふく》らませるだけで、彌勒との距離の近さを思い知らされる。

「放…せ……！」

どうにか顔を伏せ逃《のが》れようとするのだが、掬《すく》い上げるように唇を塞がれた。

強く引き結んでいようにも、罵《ののし》り、息を継ぐためには口を開かずにはいられない。開いた唇の内側を、ぬれた舌先がちろりと辿った。

「ぁ……」

途端に、奥歯のつけ根まで痺れる。

歯の根が浮きそうなむず痒《がゆ》さに、口腔《こうこう》どころか体中から力が失《う》せそうだ。互いの体の間で折りたたまれた腕で彌勒を打とうとしたが、上手くいかない。情《なさ》けなさと混乱に、目の縁《ふち》が潤《うる》む。

あんな騒ぎがあった直後だ。ここへも人が来ないとは限らない。それにも拘《かかわ》らず、弟に追い詰められ、校舎で唇を塞がれている自分が恐ろしかった。

「…う……」

噛み締めていられなくなった歯列から、詰まった息がもれる。ぬれた舌先を深く含《ふく》まされると、口腔全体がぞくぞくと痺れた。

「キスだけで勃《た》っちまいそー」

離れた唇の狭間《はざま》で、気持ちよさそうに彌勒が笑う。聞き慣れた弟の声のはずなのに、頭の芯《しん》がぐらぐらした。

「ん…む……」

再び入り込んできた彌勒の舌に、歯列が押し上げられる。他人の舌が入り込む生々しさには、どうしても慣れない。顎を引き、縮《ちぢ》こまって逃げようとする吉祥の舌を、彌勒の舌がすぐに探り当てた。

「…ふ…、ぁ…」

舌の側面も、裏も、関係なく舐め回される。触れた瞬間はぬるく感じた彌勒の舌が、狭い口腔ですぐにあたたかく温《ぬる》んだ。

「ぁ……」

水を含んだ真綿《まわた》のように、体が重くて膝《ひざ》から力が殺《そ》げてゆく。器用な舌に嚙みついてやることもできず、好きなように舐め回された。

「夜、どーしてんの。寂しくって、泣いてんじゃね?」

犬歯《けんし》どころか、歯茎《はぐき》や唇の内側まで味わい、彌勒が囁く。

軽い揶揄を装《よそお》いながらも、その響きは真剣だ。口腔を満たしていた舌が退くと、喉の奥が引きつった音を立てた。

「は…っ…、は…」

肺が一気に広がって、苦しさに噎せる。脇腹《わきばら》や太腿《ふともも》を撫で回していた掌が、密着した体の間へ入り込んだ。

「あ…、退…け!」

「もーちょい色っぽいこと言えって」

舌打ちと共に股間《こかん》へ掌を差し込まれ、がくんと腰が落ちる。

「ぁ……」

「お、勃ってんじゃね？」

長い指が、下から持ち上げる動きで吉祥の性器に触れた。中指で小刻みに揺すられて、気持ちのよさに肩が竦む。

「さ、触る…な…！」

立っていられず、吉祥の尻《しり》が埃《ほこり》っぽい床へ落ちた。ぺったりと崩れた足の間に、彌勒が膝を割り込ませてくる。

「ガッコ入ってから、自分でシコシコした？」

春休みの終わり、入寮する直前まで、吉祥の指先には彌勒の指が絡《から》んでいた。両親の目を盗んで、それ以上のこともした。思い出すだけで、恥ずかしさと悔《くや》しさで脳が煮《に》えそうだ。

「誰…がっ」

吐き捨てた吉祥の鼻先を齧《かじ》り、彌勒が性器を摑む。微《かす》かに熱を持ち始めた性器を圧迫され、吉祥はふるえながら顎を反らせた。

「だな。休み中にちょこっと見せてくれたけどさァ、吉祥チンコいじんのあり得なくヘタクソだし。やっぱ俺にされた方がイイってか」

耳朶《じだ》を齧る彌勒に、吉祥が折りたたまれた足を暴《あば》れさせる。堅い踝が胴にぶつかったが、弟は笑っただけだ。

「まー別にいっか、自分でヤる暇《ひま》もねーくれェ俺がいじってやるし。ココもアナルも」

どこでこんな汚い言葉を覚えてくるのだろう。

強く瞑《つむ》った瞼の奥で、眼球が針で刺されるように痛んだ。

耳元に注がれる言葉には、恐ろしい真実味がある。性に関する弟の経験は、吉祥とは比べようがない。

春休みの間、吉祥へ触れた指も、忌々《いまいま》しいほど手慣れていた。経験のない吉祥は、近づく別れを口にされ、唇を嚙んで弟を受け入れたのだ。自分の葛藤《かっとう》を、内心彌勒が笑っていたのだろうと思うと、どうしようもなくなる。

「や…めろ…、彌勒…」

布の上から押し当てられた指が、やわらかく吉祥の性器を揉《も》む。ぴく、と爪先が揺れてしまうのを、口を開き、必死に押し殺した。

「気持ちー？　どーせ同室の童貞君に電気消されたら、オナニーどころじゃねーんだろ。触らせろって」

「け、消さない、電気…！」

「あんで？」

眉を吊り上げた彌勒に、もう一度足を振り回す。

「氷室だ！　あいつ事情を知って……」

吉祥は、闇を懼《おそ》れた。

小学三年生の秋、吉祥は弟と共に暗い闇に押し潰された。丸二日間、見ず知らずの男の手から逃れるため、暗い廃車のトランクで息を殺したのだ。

奇跡的に助け出された後も、二人の内側から闇は失せなかった。自室は勿論、実家の廊下や居間から、明かりが消えたことはない。しかし規律の厳しい寮では、個人の事情など二の次だ。毎晩訪れる暗さとどうつきあってゆくかは、入寮前吉祥が抱く不安の一つだった。しかしそれは、偶然にも同じ部屋に割り振られた氷室によって解決されたのだ。

「クソ眼鏡が同室ゥ!?　ぶっ殺すぞあの野郎…」

ぎょっと眼を剝《む》き、彌勒が動きを止める。

「なん…だ、その言い方…！　お前たち、仲いいんだろ…？」

「ありえねーだろテメェ」

「ありえないって…。だ、大体お前、ちゃんと戻ってるのか？　自分の寮…。同室の奴は…」

「同室？　あー、なんかいたかもなー。なんかこー、ちっせー奴」

まだぶつぶつと呟いていた彌勒が、太腿を撫でた手で大きさを示した。親指と中指で作られたそれは、精々《せいぜい》十五センチ程度しかない。

「なんの話だ！」

「マジマジ。ちっせーんだって。手に載んじゃね？　テレビで話題になってたよな、あーゆー動物」

いい加減な話はよせと、怒鳴り声を上げるより早く、彌勒の指が性器の先端をつまんだ。

「…っ…う…」

「なんにしたってお兄ちゃんいねーから、当然帰る気しねーのよ。んな話よか楽しーコトしよーぜ。四日も禁欲させられてっから、多少のことじゃ発散できねェわ」

吉祥の顎へ口を寄せた彌勒が、低く囁く。ぞくりとなまあたたかい痺れが背筋を脅《おびや》かし、吉祥は弟の頭を押し返した。

「…しな…い…！」

「あ？」

「学校じゃ、絶対、しない…！」

絞り出した吉祥に、彌勒が信じられないものを見るように眼を眇める。

「はァ？　なに言ってんのこの人」

「こ、こんなことするために、俺はここへ来たんじゃない…！」

こうして会うことさえ、憚られる間柄だ。そうでなくても彌勒の好きにさせるために、自分はこの学校を選んだのではない。

喘いだ吉祥の体が、ぎくりと引きつる。物音が、聞こえたのだ。人の足音かもしれない。

「っ……」

吉祥の呻きに、階段の下から声が重なった。

「吉祥！」

聞き慣れた声を耳にして、弾かれたように立ち上がる。袖口《そでぐち》でぬれた唇を拭《ぬぐ》い、乱れた制服に両手を当てたが、そちらはどうにもならなかった。

「氷室……」

茫然《ぼうぜん》と見下ろした階段を、友人が大股《おおまた》に駆け上がってくる。氷室の背後には、まだ幾つかの足音と声が続いていた。

「莫迦弟はそこか？　面倒が起こった。あいつを…」

氷室の言葉の終わりを待たず、ゆらり、と彌勒の体が視界を過る。軽い足取りで階段を蹴った弟が、真っ直《す》ぐに氷室を狙《ねら》った。

「彌勒！」

叫んだ声に、肉を打つ響きが重なる。肩から叩きつけられ、床に崩れた体が固い音を立てた。

しかしそれは、氷室ではない。氷室に遅れ階段を上がってきた生徒が、避《よ》けることもできないまま転倒した。

「避けてんじゃねーぞ、クソ眼鏡」

不服そうに、彌勒が舌打ちをする。一瞬早く身を躱《かわ》した氷室が、氷よりも冷たい双眸で彌勒を見た。

「そんなもん喰《く》らいてー阿呆がいるか。誰のために俺がここまで来てやったと思うんだ」

「吉祥のためだろーが、下心見えすぎなんだよテメー」

舌打ちと共に、彌勒が足元に落ちた生徒を蹴る。低い呻きをもらし、倒れた体がくの字に曲がった。

苦痛に歪む顔に、見覚えがある。今日食堂で会った、杉浦だ。

「なんてことするんだ、彌勒！」

我に返り、吉祥が階段を駆け下りる。脳震盪《のうしんとう》を起こしているかもしれない。動転する吉祥に唇を尖らせ、彌勒が氷室を見た。

「死んじゃいねーって。見ろクソ眼鏡、テメェが避けっから、お兄ちゃんが困ってんじゃねーか」

床に転がった杉浦が、苦しみながら彌勒の足へ腕を伸ばす。

「…くそっ、なにイキナリ…っ…、うちの先輩やったのも…、テメー、か……？」

ジーンズを摑まれ、彌勒が眼球の動きだけで杉浦を見下ろした。路傍《ろぼう》の石に、たった今気づいたとでも言いたげな眼だ。

「…さっき、資料室で先輩…、ボコったの…」

痛む体を引き摺《ず》り、杉浦が起き上がろうと呻いた。

先程の、騒ぎのことか。

ぎょっとして、吉祥は氷室を見た。

足音を響かせ、階下からもう一人生徒が駆け上がってくる。踊り場に立つ三人と、床に転がる杉浦を見て、大柄な上級生が息を詰めた。

「い、偉須呂…！　こいつら…」

杉浦と同じスピードスケート部の部員なのかもしれない。上級生はすぐに、自分たちが追ってきた男が何者か気づいたのだろう。

「…お前が、ボコったの、ウチの人間だ…。事情があるなら……」

杉浦の言葉の終わりを待たず、彌勒が無造作にその体を蹴る。鈍い音を立て、引き締まった体が踊り場から摩り落ちた。

「なに摑んでんだコラ」

「彌勒！」

長い足を上げ、彌勒が皺になった裾《すそ》をはたく。兄の怒声にも、面倒そうな視線を上げただけだ。

「眼鏡、テメェ面倒連れてくんじゃねー」

「違ェだろ。お前が一々騒ぎ起こすから、運動部の連中が躍起《やっき》になるんだ」

舌打ちをした氷室へ、彌勒が腕を伸ばす。弟が氷室の胸倉《むなぐら》を摑む前に、吉祥はその腕を打ち払った。

「いい加減にしろ！」

どうしようもない怒声が、瘦身《そうしん》を揺るがす。

喉の奥が、焼けそうだ。

「お前、人を殴らずにいられないのか？　なんでやめられないんだ、それだけのことが…」

罵声《ばせい》を吐くように易々《やすやす》と、彌勒は人を傷つけた。吉祥の親友であろうと、無関係な人間であろうと同じだ。そこには一片の躊躇《ちゅうちょ》も、悔恨《かいこん》もない。

半年前、薄汚れたクラブの一室で懇願《こんがん》した。、暴力を捨てて、家庭へ戻ってくれるように。

彌勒が拳《こぶし》に宿すのは、薄れることのない闇の色だ。同じ暗がりは、この瞬間も自分たち兄弟を蝕《むしば》み、損《そこ》ない続ける。それを解っていて、何故彌勒はまだ暴力を手放そうとしないのか。

「だな」

返答は、ひどく短い。

真正面から肺を圧迫されたように、吉祥の背骨がびくりと軋《きし》む。嘆息も、舌打ちもなかった。平坦《へいたん》な声そのままに、彌勒が怠《だる》そうに首を傾《かたむ》ける。

途端に酸素が薄くなった錯覚《さっかく》を覚え、吉祥の指先が左胸を掻《か》いた。

「…っ……」

真っ直ぐに兄を見た彌勒が、踵《きびす》を返す。呼び止めることも、追うこともできない。まるで噴《ふ》き出す血の飛沫《しぶき》にも似て、摑んだ胸元が惨《みじ》めな皺を刻んだ。


スケート靴《ぐつ》の重さを左手に感じ、隣を歩く氷室を見る。

「雨になるな」

コートの襟元《えりもと》へ顎をうずめ、氷室が呻いた。

空気は冷たいが、日射しがあるため今日は随分《ずいぶん》とあたたかい。とても雨など降りそうにない空を、吉祥は仰《あお》ぎ見た。

「今日これからか？　まさか」

「賭《か》けるか？」

にやりと笑う友人に、吉祥が太陽を睨む。氷室は決して、負ける賭をする男ではない。

「……遠慮する」

「つれねーな。だったら、寮の学年代表が誰になるか賭けようぜ。来週、礼拝堂で任命式だと」

手袋をはめた手で、氷室が木立の向こうに見える礼拝堂を示した。日射しを浴びて建つそれは、この学校を象徴《しょうちょう》する建物の一つだ。

風雨に耐え、灰色に変色した外壁は、元は目が覚めるような白だったに違いない。国内では珍しい石組みの建築物でありながら、それは驚くほど大きかった。

「へえ」

「気のねぇ返事だな。立候補したらどうだ。権力があるってのも、こんな学校で部活に励むには、なにかと便利そうじゃねえか」

甘い口調で誘《さそ》う氷室の脇を、練習着姿の野球部員が走り抜ける。

グラウンドへ向かう部員が、すれ違う二人に顔を上げた。行きすぎるはずの視線が、吉祥の容貌に留まり、さっと顔を赤くする。一瞬の出来事だが、物見高い視線には慣れることができない。ひっそりと唇を引き結んだ吉祥の隣で、氷室が足を止めた。

「どうした？」

「悪《わり》ぃ、鴨《かも》…じゃねえ、知り合いだ。部には遅れねえから、先行っててくれ」

校舎がある一角に目を凝らし、氷室が白い歯を覗《のぞ》かせる。その手にはいつの間にか銀色のカメラが握られていた。

氷室の視線を追うと、入り組んだ立木の奥に、辛《かろ》うじて二つの人影が見える。素早くシャッターを切った氷室が、にこやかに二人へ近づいて行った。

氷室と生徒とがどんな間柄であるのか、吉祥には全く想像がつかない。ただ相手は氷室に見咎められ、喜べるような状況ではなさそうだ。

「忙しい奴だな」

口出しをするわけにもいかず、一人で木々の影を踏む。

広い構内には、校舎や礼拝堂を始め、部室やグラウンドが点在していた。吉祥たちが使用するアイスリンクは、構内でも最も新しい建物の一つだ。そのため校舎からは、離れた場所に建てられている。降り注ぐ春の日射しを、吉祥は目を細めて見上げた。

明るい光は、吉祥がなにより好むものだ。しかし目を焼くほどの陽光と、瑞々《みずみず》しい緑を浴びても、心は少しも浮き立たなかった。

一昨日から、ずっとそうだ。

彌勒が上級生を痛めつけた挙げ句、杉浦を蹴り倒した件については、さすがの氷室も舌打ちをもらした。

保護者から遠く離れ、自主独立を掲《かか》げる構内において、問題の多くは生徒自身の手に委《ゆだ》ねられる。無論それは、よい面ばかりを持つわけではなかった。

スピードスケート部は面子《メンツ》を気にし、事態を表沙汰《おもてざた》にするつもりはないらしい。その報せを聞いても、吉祥の気持ちは晴れなかった。胸の奥が氷の塊《かたまり》を呑んだように冷たく、重い。

思い出すまでもなく、体に馴染《なじ》んだ感覚だ。

半年前、弟が自宅で生活を再開させる以前に、家庭を支配していた堪《たま》らない息苦しさ。薄氷《はくひょう》に支えられた平静は、乱暴に開閉される扉の気配や、階段を踏む足音に呆気なく崩された。気紛《きまぐ》れに彌勒が帰宅するたび、繰り返された母の悲鳴が痛みを伴《ともな》い蘇る。

視界が陰《かげ》るような息苦しさに、吉祥は頭を振った。

「氷……」

背後から、足音が近づく。用を終えた友人が、追いついたのか。

振り返った吉祥の双眸が、曇る。

「仁科吉祥って、お前？」

上級生なのだろう。背が高く、銀色の指輪をはめた生徒が、じろじろと吉祥を見ていた。振り返った容貌に驚いたのか、生徒が無遠慮に目を瞠る。

背後には六人ほどの生徒が続き、なかには見覚えのある顔もあった。植田だ。

「…そうですが、なにか用ですか」

歓迎できる用件でないことは、上級生たちの薄ら笑いを見れば解る。指輪をはめた生徒が、礼拝堂を顎で示した。

「用がなきゃ声かけねーし。ちょっと話があんだけど、いい？」

口先では吉祥の意志を尋ねながらも、背後の植田が肩を押した。

走って、逃れるべきだ。明るい屋外《おくがい》ならともかく、礼拝堂に入ってしまえば、人数で劣る自分は更に不利になる。解っていたが、こんなふうに取り囲まれていてはそれも難しい。頬《ほお》の内側を噛み、吉祥は上級生の後ろに従った。

「第一寮は、なんでお前のことほっとくわけ。双子《ふたご》だか知らねーけど、文化部君と連《つる》まれちゃ運動部としても示しがつかねーだろ」

自分たちは双子でもなければ、連んでもいない。しかしそんなことを訂正する気にはなれなかった。

軋みを上げて、礼拝堂の扉が開かれる。見張り役なのか、生徒が一人扉の外に残った。

「それにウチの杉浦、あいつお前らになんかした？」

危惧《きぐ》した通り、照明が絶えた礼拝堂内は薄暗い。足を踏み入れた途端視界が揺らぎ、吉祥は大きな呼吸を繰り返した。

「…怪我は大丈夫でしたか？」

「ふざけてんのかよ、お前！」

吉祥の声を打ち消し、植田が吠《ほ》える。

「大丈夫なわけねーだろ、あいつ、ウチのダイジな部員だぜ？」

事実杉浦は、スピードスケート部にとって欠くべからざる部員だろう。そんな全国大会の常連が、文化部員に蹴られ一撃で昏倒《こんとう》した。資料室の一件も加え、運動部員にとっては完全に面目《めんぼく》を潰《つぶ》された形だ。

「怪我をさせたことは謝ります。最初から彼を蹴るつもりはなくて…」

「謝ってくれんの？　どーやって？」

尊大《そんだい》な仕種で、指輪をはめた上級生が吉祥を覗き込む。高い天井《てんじょう》のせいばかりでなく、男の声が遠くに聞こえた。

広い堂内には、礼拝用の椅子と机とが整然と並んでいる。机の一つに尻を載せ、上級生が青白い吉祥の容貌を見回した。

「返事しろよ。美濃輪君が聞いてんだぜ？」

「情けねーよな、第一寮の連中は。んな裏切り者野放しにしとくなんて。俺が学年代表だったら、こんなじゃすまないぜ?」

美濃輪と呼ばれた男が、左手にはめた指輪をいじる。

校内の役職に就《つ》いていることを示す、指輪だ。学年代表は、寮長や副寮長に次いで、寮内で大きな権限を持つ。鍵の管理に始まり、同学年は勿論、下級生に対しても影響力があった。

「つか問題はお前の弟だよな。文化部の分際で、俺らに喧嘩売ったらどうなるか、解ってんのか?」

「マジ何様だ、私服でふらふらしやがって。寮にだってまともに戻ってねえって話だろ?」

歯を剝き出しにし、植田が吐き捨てる。

結局は、そこか。

自分がこんな場所へ連れ込まれた本当の理由を知り、吉祥は奥歯を嚙んだ。

「んな女みてーな面《つら》してるから、文化部員に舐められんだろ。弟くれー、ちゃんと管理しとけっての」

「…杉浦君には、本当に申し訳なかったと思います。ただ彌勒への文句を、俺に言っても無駄です」

真っ直ぐに見返した吉祥に、上級生たちが驚いたように顔を見合わせる。まさかこんな形で拒絶《きょぜつ》されるとは、考えていなかったのだろう。

弟の素行《そこう》については、中学時代もたびたび、周囲から愚痴《ぐち》をこぼされてきた。

実の兄とはいえ、自分に彌勒を操作《そうさ》する力などない。そう訴えても、大半の相手は聞く耳を持たなかった。彌勒を懼れるが故《ゆえ》に、兄である自分に感情をぶつけ、鬱憤《うっぷん》を晴らしたかったのかもしれない。

弟と違い、兄ならば扱《あつか》いやすいと思われたせいもあるだろう。弟が招く騒動にも、そうした相手に見くびられることにもうんざりした。

「用がそれだけなら、失礼します。俺、部活がありますから」

一礼し、できる限り確かな足取りで踵を返す。

遠くで雷《かみなり》が鳴ったのか、不気味に空気が振動した。ゆっくりと、ステンドグラス越しの日射しが陰る。

長居をしすぎた。足早に扉へ向かおうとした吉祥の手首を、しめった掌が摑み取った。

「なに言ってんの。お前。このまま帰れるわけねーだろ」

乱暴に引き戻され、吉祥の腰が机にぶつかる。がたんと固い音が響き、取り囲む男たちがその輪を詰めた。

「ちゃんと弟躾《しつ》けねーテメーにも責任あんだろうがよ」

吐き捨て、植田が喉元へ摑みかかる。胸倉を捕らえられそうになり、吉祥は反射的に身を捻った。

「なに逃げてんだコラァッ！」

摑まれた手を振りほどこうとした体を、真横から突き飛ばされる。勢いよく机へぶつかったが、吉祥は痛みを堪《こら》えて床を蹴った。

「囲め！」

怒鳴り声を上げ、美濃輪が土足で机に飛び乗る。椅子の間を抜け逃れようとした吉祥と、瞬《また》く間《ま》に距離が縮んだ。

「…っ……」

背中から飛びかかられ、体が揺らぐ。

「捕まえた！」

大きく体勢が崩れ、掴まれた上着がきつく喉元へ食い込んだ。転がりそうになりながらも、力任せに美濃輪の脛を払う。引き剝がされた上着やスケート靴までもが床へ落ちたが、気にしてはいられなかった。

外へ、出なければいけない。急速に光が失われた屋内では、吉祥は圧倒的に不利だ。なにより闇を懼れる事実は、絶対に悟られてはいけない。

太陽が雷雲《らいうん》に呑み込まれ、影が濃くなると同時に視界がくすんだ。心臓《しんぞう》が、喉の真下まで迫り上がる心地がする。

やばい。

踏み締めたはずの大理石の床が、ぐりゃりと撓《たわ》んで足元が傾ぐ。懸命《けんめい》に扉を目指したその時、支柱の陰から植田が飛び出した。

「…痛……ッ…」

脇腹へ頭からぶち当たられ、踏み止《とど》まれず転倒する。

「痛って！　こいつマジで蹴りやがった！」

縺《もつ》れるように床へ崩れた頭上で、大声が響いた。だが本当にそちらが上なのか、均衡《きんこう》を欠いた吉祥には判《わか》らない。痛みや暴力よりも、暗闇に押し潰され、正体を保《たも》てなくなる恐怖に冷たい汗が噴き出した。

「逃げられるわけねーだろ、一年が！」

吉祥に体当たりをした植田が、息を切らしてシャツを鷲掴んだ。乱暴に体を引き上げられ、ぶつ、と音を立てて釦《ボタン》が弾ける。

「放……」

「なー、おい、生意気な弟の代わりにどーやって謝ってもらうよ」

吉祥に蹴られた脛をさすり、美濃輪が近づく。ぐらぐらと体を揺すられると、生地《きじ》が裂ける音と共に二つめの釦が飛んだ。

「女の下着着せて、寮の廊下で撮影会だけじゃ足んねーよな」

唇を歪め、美濃輪が白い吉祥の喉を掌で押し上げる。気色《きしょく》悪さと迫る闇の圧迫に、ぐっと吐き気が込み上げた。

「ケツの穴まで、丸出しにさせてやろーぜ。兄ちゃんが便所にされたら、弟も懲《こ》りんじゃやね？」

美濃輪の言葉に、ぎゃははは、と笑い声が重なる。こいつらはなにを言っているのか。

「放…せ！」

「だからさー、恨《うら》むなら弟にしろってんだろ」

吐き捨てた美濃輪が、吉祥の脇腹を蹴り上げる。あおむけにされた胸へ、植田が素早く馬乗りになった。

「こいつ、マジ女みてーな面してんなー」

胸を圧迫され、苦しさに呻く。頭上に回った男に両手を押さえられ、固い床へ縫《ぬ》い止められた。そうでなくても、視界を塗り潰す暗がりで、吉祥に許された自由などない。

「田島《たじま》のねーちゃんよか、よっぽどきれーなんじゃね？」

「違いねー」

げらげら笑う男の指が、吉祥のベルトを摑む。足の上に乗り上げ、田島と呼ばれた生徒がそれを引き抜いた。

「やめ…ろっ！」

強い力でズボンを摑まれ、ただ叫ぶ。水の底に投げ入れられたように、自分の声も、男たちの嘲笑《ちょうしょう》も遠くに聞こえた。

これ以上は、冗談ですまされない。

冷静さを欠いた吉祥の悲鳴に、男たちが興奮《こうふん》を露にした。

「やっべ、勃っちまいそ」

胸に陣取る植田が、いやらしく腰を揺する。肋骨《ろっこつ》が軋み、口元へ股間が近づく気色悪さに鳥肌が立った。

伸しかかる闇と、圧倒的な悪意。過日《かじつ》リンクで吉祥を打ちのめしたものと同じ恐怖が、呼吸を奪った。思い出すのさえ、恐ろしい。まだやわらかな瘡蓋《かさぶた》が搔き剝がされ、血が噴き出す。闇雲に叫びそうになる吉祥のズボンを、男が我先にとずり下ろした。

「っ……！」

「あー、やっぱついてんなー」

「たりめーだろー」

遠慮なく性器を摑まれ、腰が跳ねる。

馬乗りになる植田に遮られ、下半身を覗き込む男たちの姿は見えない。建物の壁が迫り出すように、闇が吉祥へ伸しかかってくる。息ができない。体の内側にも外側にも恐怖が充満して、吉祥は痩身をのたうたせた。

「ゴム何個ある？」

「ナマでやれよ、ナマで！」

はしゃいだ声を上げ、股間をいじった手が内腿をこじ開ける。ぐっと嘔吐《えず》いた吉祥を見下ろし、揺れ続ける植田の股間は、早くも形を変え始めていた。

「ど…け…っ」

叫ぶ吉祥に構わず、股間をいじる手が尻まで探る。

「…ぅ……」

空の高い場所で雷が鳴り響いたが、誰もそんな音など聞いていない。吉祥自身、もう自分が声を上げているのかどうかさえ、解らなかった。

「いー表情じゃん」

見下ろす美濃輪が、尻ポケットを探る。取り出された携帯電話を操り、美濃輪がカメラのレンズを吉祥へ向けた。

「弟にも見せてやらないとな。テメェのせいで、兄ちゃんがケツの穴広げて先輩のチンコくわえ込んでるトコ」

「あー。そりゃご親切に」

投げ遣りな声が、美濃輪に応える。

雷鳴が、間近で響いた。

蹴破られた扉の悲鳴もまた、鉄材を打ち合わせるような轟音《ごうおん》に紛れたのだろう。反応が遅れた男たちが、皮肉な声音にぎょっとして顔を上げる。

「な……、お前…」

男たちの視線を追い、吉祥もまたぎこちなく双眸を瞬かせた。

大きく開かれた扉の向こうを、稲光《いなびかり》が斜めに切り裂く。灰色というよりも黒に近い曇天《どんてん》の下に、背の高い男が立っていた。

「豚《ぶた》。誰に乗っかっちまってんだ?」

だらりとした低い声が、石の床に落ちる。骨へ直接響くような、冷えきった声音だ。

声に重なり、どさりと重いなにかが床へ投げ出された。塊《かたまり》を目で追い、上級生の一人が息を呑む。

「木原《きはら》!」

砂袋のように放《ほう》られたのは、制服姿の生徒だ。見張り役として、扉の前にいた者かもしれない。

ぴくりとも動かない男を、ブーツを履《は》いた足が無造作に蹴り上げる。ボールのように飛んだ体が、鈍い音を立てて支柱にぶつかった。

「彌勒……」

自分が口にした名前が、遠くに聞こえる。暗がりに立つ弟は、闇を固めたように黒く、歪《いびつ》な影のように見えた。

「テメエ……!」

摑みかかろうとした男を、彌勒が一瞥《いちべつ》する。ほぼ同時に右足が空《くう》を切り、斧《おの》のような鋭さで男の延髄《えんずい》にめり込んだ。

「ぎゃ…」

上がった悲鳴は、酷《ひど》く短い。床へ叩きつけられた男に、しん、と礼拝堂内が静まり返った。

「いー加減汚ねーケツ退けとけ、豚」

親指をポケットに引っかけた彌勒が、馬乗りになる植田を見下ろした。惚《ほう》けたように彌勒を見ていた植田が、はっとして腰を浮かせる。次の瞬間、身を低くすると、男は彌勒へと突進した。俊敏《しゅんびん》な動きだ。真っ直ぐに突き進んだ植田の顎を、彌勒の膝が器用に蹴り上げる。

「げ…」

「う…うわぁあっ」

潰れた悲鳴と同時に、一斉《いっせい》に上級生たちが扉へと殺到《さっとう》した。声を上げ、脇をすり抜けようとした上級生の顳顬へ、彌勒の拳がまともにぶち当たる。ごきりと嫌な音が響き、上級生が真横に倒れた。悲鳴と泣き声が、大きく爆《は》ぜる。

「ひぃぃ…!」

立ち上がろうとした一人を、彌勒が靴底で蹴り上げた。やめてくれと、叫ぶ間もない。ただ一方的で、迷いのない暴力だ。

それは膨張《ぼうちょう》と収縮を繰り返す、暗闇そのものを思わせる。床に這い、茫然と目を見開く吉祥の視界で、白い光が瞬いた。

田島が手にした、スケート靴の刃《エッジ》だ。

この暗がりで何故、それが判別できたのかは解らない。しかし彌勒の顔面を狙った金属に、吉祥は悲鳴を上げた。

「彌……」

避けられない。だが鉄が肉に食い込むより、彌勒の腕が田島を捕らえる方が速かった。容赦《ようしゃ》のない力で襟首を掴み、逃げ惑う者諸共《もろとも》薙ぎ払う。

「ぎゃっ…っ」

頭から床に叩きつけられ、悲鳴が重なった。壁際まで吹っ飛んだ田島へ、彌勒が無関心な眼で向き直る。拾い上げられたスケート靴が、彌勒の手のなかで鈍く輝いた。

「オラ、順番に並べ。端《はし》からミンチにしてやっから」

家畜《かちく》でも命じるように、彌勒が顎をしゃくる。脅《おど》しなどではない。躊躇なく振り上げられたエッジに、吉祥は重い体を引き起こした。

「やめろっ！」

踏み出した膝がふるえ、足元がぬかるむように重い。萎《な》えそうな足を叱咤《しった》し、吉祥は弟の腕にしがみついた。

勢いを殺さないまま、金属が田島の頭上を掠《かす》める。狙いを逸らされ、彌勒が兄を振り返った。

その、眼の色。

稲光を弾いた双眸が、恐ろしい冷静さで兄を一瞥した。弟の指が胸倉へ伸び、避ける間もなく引き寄せられる。

「やめ…ろ…！　これ以上……」

彌勒に取り憑《つ》くのは、行きすぎた暴力だ。兄を助けるためであったとしても、これ以上は許されない。

「ナニお兄ちゃん。乗られたら、情が湧《わ》いちまった？」

低められた声音は、いつものいやらしい抑揚《よくよう》を纏《まと》う。しかしそれは少しも笑っていない。

左手で捉えた兄のシャツを、彌勒がわざとらしく見下ろす。釦が飛んだ着衣の惨めさは、吉祥が上級生たちに強いられた行為を雄弁《ゆうべん》に物語っていた。

「っ……」

「俺に邪魔されねーで、もっと楽しみたかったってか」

囁きが耳殻《じかく》を舐め、耳鳴りが酷くなる。鼻腔が痛んで、涙《なみだ》があふれるかと思った。ここは出口のない闇の底だ。口を大きく開いても酸素が得られず、吉祥は胸倉を摑む弟の指に爪を立てた。

「お、お前のせいだろう……！」

金切り声が、他人のもののように鼓膜《こまく》をふるわせる。

声を絞る喉から、血が迸《ほとばし》るかと思った。

「お前が…、こんな……、どうして……」

言葉を羅列《られつ》するが、意味をなさない。

閉ざされた暗いリンクで、誰が傷つこうが、何一つ心を動かされることはないと彌勒は言った。それは今この瞬間でさえ同じだろう。

幼《おさな》い日、自分たちは頭から、汚らしい闇に食いちぎられた。損なわれる前の正しい姿がどうであったか、もう正確に思い出すこともできない。ならばせめて血を流し続ける傷口を、厳重《げんじゅう》に塞いでおかなければならなかった。

しかしそんな努力を、彌勒は易々と放棄《ほうき》する。兄が踏み込めない暗闇で、これが俺だと、笑う。

「来なければよかった……」

自分の言葉の明瞭《めいりょう》さに、ぞっと全身の血が冷える。録音《ろくおん》された自身の声を聞くように、現実味が遠のいた。

「…お前と、同じ学校なんか、来なければよかったんだ…！」

痛みを言葉に変えた瞬間、弟の双眸はどんな表情を映したのだろうか。強い力で胸を突かれ、吉祥はよろめき、後退った。

「へえ」

雷鳴が絶えた暗がりに、酷く平静な声が落ちる。

空気が断たれる音を聞いたのは、一瞬だ。振り下ろされるエッジを視界に捉えても、吉祥は身動《みじろ》ぎ一つできなかった。

「…っ！」

ごつりと恐ろしい音が響き、飛び散った破片が頬を掠める。火花のような痛みが走って、銀色に輝く金属が石の壁を抉《えぐ》った。それは兄の顔から、髪一筋ほどしか離れていない。

「ひぃぃっ…！」

みっともない悲鳴を上げ、上級生たちが転がりながら扉へと飛びついた。

天上を掻き回し、再び雷鳴が轟《とどろ》く。上級生たちの喚き声はすぐに扉の向こうに消え、金属的な轟音に紛れていった。

「俺の暇潰し、邪魔した挙げ句がそれかよ」

スケート靴を摑む彌勒は、呼吸一つ乱していない。冴《さ》えた眼光で見下ろされ、ぐらりと頭の奥が揺れた。

「ど…け……」

吉祥がほんの少し顔を傾ければ、壁を抉るスケート靴に顳顬が触れるだろう。笑った弟の手から、ごとりと音を立ててスケート靴が落ちた。

「外……、彌勒…」

外に、出たい。いや、明るい場所なら、どこでもいい。酸素を求める魚のように喘いだ吉祥へ、彌勒が屈《かが》み込む。闇がまた、近くなった。

「ナニ？　お兄ちゃんも息詰まってたまんねェ？　俺もだわ」

「ぁ……」

拳を固め、彌勒を押し返そうとしたが力など入らない。シャツの襟を摑まれ、引き毟《むし》られると残っていた釦が飛んだ。

「彌…っ！」

ぎょっとして襟を摑もうとするが、動けない。見返した彌勒の双眸が、笑った。酷薄な笑みの意味に、鳥肌が立つ。声も上げられないまま引き摺られ、壁で支えていた体が床へ落ちた。

「発散させてよ、お兄ちゃん」

耳元へ注がれた声は、氷のように冷えきっている。

「…っ……」

床に背中から押しつけられると、釦が飛んだシャツ以外、身を守るものがないことを思い知らされた。

「…痛…」

大きな掌で性器を握られ、声が出る。

「あー。ナニお兄ちゃん。チンコ縮んでんじゃね？」

痛みしか感じられず、呻いた吉祥を彌勒が笑った。右膝が床につくほど開かされ、足の間に弟の体が割り込んでくる。

「あんな下手な豚共相手じゃ、勃たねーってか」

彌勒は一体どうして、兄の危機に気づいたのか。暇潰しと口にしたが、そもそも何故弟はこんな人気のない場所に、足を向けたのだろう。

冷静であれば湧き上がるはずの疑問も、暗がりに擂《す》り潰されて形をなさない。

性器を下から先端へと扱《しご》き上げられ、歯を食いしばる。

上級生に取り囲まれることは、不愉快だったが恐怖ではなかった。むしろ純粋な恐怖を吉祥にもたらすのは、今も目鼻を塞ぐ闇と、弟の双眸だ。

「放…せ…、彌勒……」

「やだね」

器用な指先が先端の割れ目を探り、肉を引っかけるように動く。

そんなふうにされたら、一溜まりもない。びくんと腰が弾んで、弟の手のなかで性器が脈打った。

「っ……」

「お。でっかくなった」

嬉しそうに教えた弟の声に、雷鳴が重なる。稲光がステンドグラスを貫き、視界が一瞬白く濁《にご》った。

「豚に乗られっと縮んじまうのに、オトートにいじられると勃つのかよ」

変態。

甘くさえある声で蔑《さげす》まれ、ひくりと薄い胸が反る。

「…違……」

否定の言葉を叫ぼうにも、声が出ない。にやにやと笑った彌勒が、尻の奥へと指をねじ込んだ。

「ぁっ…」

固く閉じた場所を引っ掻くようにくすぐられ、膝が揺れる。春休みに彌勒に開かれる以前、自分では触れたことのないような場所だ。

穴をいじるのとは別の手が、性器をつまむ。まだやわらかな肉をぐにぐにと揉まれ、吉祥の顔が痛みに歪んだ。

「しかもこんな暗《くれ》ぇとこで」

耳元で囁かれ、嫌がって首を振る。頰の下に感じる石の床の固さや冷たさも、言われるまでもなく吉祥の不安を掻き立てた。

「ガッコじゃヤダとか言いやがったのは誰だ？　あ？」

頭蓋骨《ずがいこつ》の内側へ反響する声を押し退けたくて、両腕で頭を覆《おお》う。ジーンズを探りながら、彌勒がふるえる吉祥の肘へ歯を立てた。

「う…」

「なァ、ファックさせろよ、お兄ちゃん」

取り出した平《ひら》たい容器を、彌勒が吉祥の胸に放る。

いつ礼拝堂の扉が開き、人が入ってくるとも知れない。そんな場所で、自分は下半身を晒《さら》け出している。相手は、血を分けた弟だ。

狂っている。

「…死…ね……ッ…」

「マジサイコーなお口な」

笑った彌勒が、容器へ指を伸ばした。乳首《ちくび》を捏《こ》ねる丁寧さで、弟の指がどろりとした軟膏《なんこう》を掬《すく》う。

軽い容器が転がり、鎖骨《さこつ》や首筋へ滑って落ちた。

「じゃさー、いやらしー穴ずぷずぷ掘《ほ》られて、イかされまくんのは勘弁《かんべん》してクダサイって言ってみ？」

ぬれた舌を使いながら、彌勒が折り曲げた兄の膝を甘く齧る。振り払おうにも、大きな体を割り込まされていては、それもできない。膝に気を取られている隙《すき》に、尻の間へぬるりと冷たい軟膏をなすりつけられた。

「…ひぁ……」

腰を浮かして指から距離を取ろうとしたが、叶《かな》わない。皺を伸ばすように、指の腹が穴の周囲を揉んだ。

「家でヤったみてーによ。ぬるぬるにされたらそれだけでイっちまうから、触らないでクダサイ、って。言えば、考えてやるぜ？」

軟膏でぬれた爪の先が、固く閉じた入り口へ食い込む。先程、男たちの手でいじられた場所だ。乱暴な指で辿られた時には、気色悪さしか感じなかった。しかし彌勒の指で撫でられると、ぞっと腹の底から痺れが込み上げる。

春休みが終わるまでに、幾度か同じ指を呑み込んだ。平然と人を殴る彌勒の手が、内部を傷つけないよう、器用に動くことを吉祥は知っている。

「黙…れ……」

悔しさに吐き捨てると、ぬるっと太い指が粘膜《ねんまく》へ分け入った。

「あっ…」

「じゃーケツの穴ぐっちょぐちょにされて、俺のちんぽ突っ込まれてイきまくりてーんだ？」

誰も、そんなことは望んでいない。

訴えようにも、満足な声は出せなかった。長い指が左右に動きながら、やわらかな肉を掻き分ける。指の腹で押すように探られると、狭い場所が弟の指を締めつけた。

「…う…、や……、彌…」

固い床に頭部がこすれるのも構わず、首を振る。ゆっくりと深くまで押し入れられ、乾《かわ》いた指が尻の肉に当たった。

「ぁ…、放せ……！」

「いー感じ。ナニ吉祥、もしかして欲求不満かよ」

ゆるく曲げた指を、彌勒がずぷんと尻から抜く。白い肌に鳥肌が立ち、吉祥はふるえながら唇を噛んだ。爪がのぞくほど引き出された指を、今度は先程までよりも早い動きで、突き入れられる。

「…ぃ…あ……っ…」

「チンコぴくぴくしてんじゃねーの」

内腿を撫で回していた手が、投げ出されていた性器をなぞった。先端へ行き着くと、あふれた体液で弟の指がぬるっと滑るのが解る。

「触る…な…っ……」

「悦《よろこ》んでもらえて、俺も嬉しーわ」

はっ、と笑った弟の息が、引きつる脹脛《ふくらはぎ》を舐めた。雷鳴の合間を縫い、ぬれた場所を掻き回す音が響く。

出たり入ったりを繰り返す指が、時折引き抜かれ、新しい軟膏を掬った。もう何本の指が、狭い穴を出入りしているか解らない。

「すっげ、手首まで垂《た》れてやがる」

横に並べてうずめた指を、彌勒が潤んだ肉のなかでくぱりと開く。水っぽい音が上がって、なまぬるい液体が穴からあふれた。

床にまで垂れたそれは、石と密着した皮膚《ひふ》を不快に滑らせる。気色悪さに尻を揺すると、彌勒の指が粘膜から退いた。

「…あ……」

圧迫感が失せて、思わず息がもれる。すぐには力が入らない吉祥の膝を、彌勒が軽々と肩に引っかけた。

「オトートがいねェと、案外お兄ちゃん、不便なんじゃね？」

屈み込んだ彌勒が、兄の鼻先に浮いた汗を舐める。触れた舌を冷たいものに感じると同時に、腿へぬれた肉を擦りつけられた。

「っ…やめ……」

冷えきった両手で弟を押し返そうとするが、肩や顔に当たっただけだ。笑いながら吉祥の指に歯を立て、彌勒が陰茎《いんけい》で尻穴を小突いてくる。

「あー、ちょっとキチィか」

呟き、彌勒が腰を進めると、内臓《ないぞう》を押し上げられるような不快感が迫り上がった。

「…あ…ァ…、痛……」

全身の、骨が軋む。

油分の多い軟膏が摩擦《まさつ》を減らすが、入り込む体積に呼吸が奪われた。奥歯を嚙み締めていられなくて、声が出る。

初めて体を繫いだのも、床の上だった。だがそれ以降、そんな場所で性交に及んだことはない。

汚れた石の床は固く、圧迫から逃れようとのたうつと、背骨どころか全身がひどく痛んだ。

「すげ、ギッチギチ」

呻くような彌勒の声が、呼気と共に乾いた口腔へと入り込む。舌打ちしながらも、喉に絡む喜色にぞっとした。

「ひ…ぁ…、っ…ぁ…」

時間をかけて、ずるずると太い肉が沈み込んでくる。指でいじられるだけでも、痛むような場所だ。体を繫いだ今でさえ、とてもではないがこんなところに、脈動する陰茎が収まるとは思えない。だが吉祥の怯《おび》えに反し、彌勒の肉は確実に腹を満たした。

「マジ、食いちぎられそー」

眉間に皺を寄せ、彌勒が薄く口を開く。深く屈み込んだ弟の前髪が垂れて、鼻先のあたりを掠めた。低く鳴った喉音は、やはり笑い声と大差ない。楽しんでいる。

実の兄をこんな場所で裸《はだか》に剝き、苦痛に喘がせるのがそんなに楽しいのか。サディストめ。

罵りを吐き出そうにも、腹のなかで動く陰茎に思考を保ってなどいられない。大きく息を吐いて腰を押しつけられると、ごつ、とどこかの骨が体に当たった。

「…は…、は…、ぁ…あ…」

恐ろしく深い場所で、弟の陰茎が脈打っている。身動ぐ力もない自分の顳顬にまで、血脈が響くようだ。あるいは、耳鳴りなのかもしれない。彌勒が腰を引くと、ぴっちりと絡みつく粘膜から太い肉が押し出された。

「あっ…、動…な…っ…」

苦痛が薄れるのも待たず、再び押し入ってくる辛《つら》さに涙が出る。

直腸《ちょくちょう》の滑りを確かめるように、彌勒がゆるく腰を回した。自分の意志とは無関係に体を折られて、揺すられる。体を投げ出した床が撓んで、背中から闇へ呑まれてしまいそうだ。

「お兄ちゃん、締めすぎ」

互いの腹の間で揺れていた性器へ手を伸ばされ、吉祥の爪先が跳ねる。痛みに萎《な》えていた性器を握られ、くちゃくちゃと扱き上げられた。

「あ……」

親指の腹で括《くび》れをくすぐられると、背骨が軋む。睫の先までふるわせる吉祥を、彌勒がゆっくりと揺すり上げた。

「すっげ、こっちもぬるぬる。イけそ?」

瞬く間に脈打ち始めた吉祥の先端を、固い指が往き来する。単調な動きのはずなのに、すぐに射精感が込み上げて、吉祥は首を振った。

「…や…ぁ…」

「ヤ？　自分でやりてーの？」

ふるえる性器から、あっさりと彌勒の手が退く。

「っ…あ……」

より深く膝を折られ、圧迫された肺から押し出されるような息がもれた。刺激を失った性器が彌勒の腹に当たって、思わず腰が揺れてしまう。

「どーぞ？　それとも尻だけでイけるかチャレンジしてえ？」

なんでもないことのように首を傾げ、彌勒が尋ねた。吉祥の性器がこすれているのを承知で、弟が押しつけた腰を回す。

「あ、ぁ……」

自分がこぼした体液で、彌勒の腹がぬるりと滑った。刺激はあるが手で触れるような的確さからは遠く、固い床で悶《もだ》える。

「オラ。自分で触れって」

自宅の寝台《ベッド》で、見せてくれたように。意地の悪い声で囁いて、彌勒が強張《こわば》る吉祥の腕を引き寄せた。拳を作り、拒絶の意図を示してもどうにもならない。指をほどかれ性器を握るよう強いられると、頭が真っ白になる。

「…ぁ…っ」

「イきたくねーの？」

「あ……、ぁ…、は…」

悲鳴を呑み込み、吉祥の指がぎこちなく自分の性器を扱く。なまあたたかい体液でぬれた性器は、一人きり自室の寝台で触れるものとはまるで違って感じた。少しでも早く終えてしまいたくて、滑る先端を不器用に包む。

「…う……」

「へー、吉祥、ンなとこが気持ちイーんだ」

闇を隔《へだ》て、弟が笑った。

吉祥を窒息させる暗がりも、彌勒には視界を許す。突き刺さるような視線の強さに、鼻腔の奥がつきんと痛んだ。

弟の陰茎を呑み込みながら、自分がなにをしているのか。考えるだけで、ふるえが湧く。

「……っ…ぁ……」

「ココ？」

そっと腰を揺らした彌勒が、充血した吉祥の性器を指で引っ掻く。痺れるような気持ちよさに、指で握り込む間もなく性器が跳ねた。

「ひ……、あ、あ…」

唐突《とうとつ》に与えられた射精に、ぶるっと体全体がふるえる。熱い精液が掌にあふれ、なにも考えられず性器を握り締めた。

「っ……」

抱えた吉祥の太腿に胴を押しつけ、彌勒が深い場所で動きを止める。陰茎を包む肉の輪に圧迫されて、低い呻きが兄の鼻先を舐めた。

「…少しは手加減しやがれ」

喉の奥に絡む声をもらし、彌勒が満足そうな息を吐く。

「一人じゃオナニーもできねーのかよ」

囁いた彌勒が、吉祥の手ごとぬれた性器を扱いた。もう一度射精の瞬間に似た気持ちよさが這い上がり、爪先までもが緊張する。

思わず声をもらした兄の腹のなかで、ぬぷ、と音を立て陰茎が動いた。

「……ぅ…」

呻きをもらした吉祥の脇腹を、大きな掌が包む。探られる下腹は汗にぬれて、ひんやりと冷たい。折りたたまれた膝裏や、首筋にも、びっしょりと冷たい汗が噴き出していた。

「意地張っててもこれって可愛《かわい》すぎじゃね、お兄ちゃん」

薄い唇が動くのを、ただ見上げる。

急激に冷えてゆく精液とは対照的に、指が絡んだままの性器は熱を持ち、ひくひくとふるえ続けた。

力なく瞬く兄を見下ろし、彌勒が頬骨へ舌を伸ばす。涙でぬれたそこも、膝裏と同じように冷たかった。

「俺相手だから、余計興奮すんの？」

ぴく、と戦《おのの》いた瞼の青白さに、彌勒が歯を見せて笑う。

抜き出した陰茎を押し込みながら、弟が腰を回した。腹の内側をごりごりと擦り上げられると、ずっと深い場所があたたかくぬれるようだ。

「俺も。テメェにハメんの興奮するし、気分いーわ。クズ殴るよか」

眇められた彌勒の瞼を、汗が流れる。しかし皮膚を舐めた声音には、わずかほどの高揚《こうよう》もなかった。

「彌……」

「クズ相手だろーが、殴るだけ殴ってマンゾクできりゃ、俺もちったァマトモになれっかもしんねーのにな、お兄ちゃん？」

稲光が、目を焼く。

一瞬の閃光《せんこう》は、吉祥を救うことはない。塗り潰される。真っ暗闇だ。

「満足ってのが、できればの話だけどよ」

明かりを灯《とも》すように、単純に。

そう囁いた声音は、どこか疲弊《ひへい》した響きを引き摺っていただろうか。呻いた吉祥の口腔へ、熱い息が入り込む。繋いだ体はただ一つで、吉祥は涙でぬれた瞼を閉じた。


「もう食わねえ気か」

向かいの席に座る氷室が、短い息を吐く。フォークを持つ手が止まっていることに気づき、吉祥は林檎《りんご》を刺した。

昼休みの食堂は、いつでも混み合っている。生徒たちのざわめきを遠いものに感じながら、吉祥は皿に盛られた昼食を見下ろした。香草《ローズマリー》を添えた鶏肉と、根菜《こんさい》のサラダ、何種類もの豆が入ったスープや、白米。運動部に所属する男子高校生ならば、瞬く間に腹に収まってしまう昼食が、まだ半分ほど残されている。

「夜、寝られねェとか？」

空《から》になった自分の皿を押し遣り、氷室が吉祥を覗き込んだ。すぐに首を横に振るが、うっすらと目元を蝕む陰りは隠せない。冬に逆戻りしたような気温の低さも、吉祥の肌を青褪《あおざ》めさせるに充分なものだった。

「寝れないのは、お前の方じゃないのか？　やっぱり、電気…消した方が……」

「別に。これ着けてるとあったけえし。ンなことより意地張ってねーで休め」

どこから取り出したのか、氷室が指に引っかけたアイマスクをくるくる回す。夜間も明かりを消せない吉祥のため、就寝《しゅうしん》時氷室が愛用しているマスクだ。起毛《きもう》になったそれは厚みがあり、いかにもあたたかそうだった。

「意地なんて…。別に体調が悪いわけじゃないんだ」

「だったら余計にどうにかしねえと。あの莫迦弟を」

口調を違《たが》えず尋ねられ、ぎくりと白い指先が引きつる。吉祥の容貌に視線を定め、氷室がテーブルへ肘をついた。

「この何日か、派手に暴れまくってるみてーだな。ガッコんなかでも、外でも」

休日に許可を得て出かける以外、学校の敷地外へ出ることは禁じられている。それにも拘らず校外の事情までに、氷室は恐ろしく耳聡《みみざと》かった。

彌勒がこの数日をどうすごしたかなど、吉祥は知りもしない。目を向ける勇気さえなく、ただ普段と同じ生活をすることだけを心がけてきた。氷室を除けば、吉祥のささやかな異変に気づいている者は少ないだろう。実際は四日経《た》った今でも、食欲は衰《おとろ》えたままだ。腹の調子もよくない。思い返すまでもなく、彌勒との礼拝堂での一件が原因だ。

食べなければ、体力が落ちる。比例するように気力が萎え、閉塞《へいそく》感が募るばかりと解っていても、食事は思うように喉を通らなかった。

体の一部を、まだあの暗い礼拝堂に置き忘れているのではないか。薄気味悪い感覚が胸を舐めるたび、にやつく弟の顔が蘇った。

「まァ今まであの狂犬が、あんだけ大人しくしてやがっただけでも、奇跡だけどよ」

「大人しく?」

氷室の嘆息に、思わず強張った声が出る。

苦痛に歪んだ吉祥の唇を、眼鏡の向こうから氷室が見詰めた。

「大人しくしてたろ。因縁《いんねん》つけてきた上級生の相手したとか、ンだけじゃねぇか。今のっていうか、前のあいつっていうかはもっと…」

青褪めた吉祥を気遣ってか、氷室が言葉の続きを苦く潰す。

今の、あるいは以前の彌勒が、どうであったのか。暗がりでエッジを振り上げた弟の姿が、否応《いやおう》なく脳裏に浮かぶ。吉祥が止めなければ、彌勒は躊躇なく上級生に大怪我を負《お》わせていただろう。どれほどの血が流れようと、彌勒が心を動かされることはない。

口のなかが砂を含んだようにざらついて、吉祥はグラスの水を流し込んだ。これ以上弟の名を口にすることも辛く、盆を引き寄せる。

「…悪い。俺、御厨《みくりや》部長に呼ばれてたんだ。先に行くな」

アイスホッケー部部長の名前を出し、立ち上がった体が不意に揺れた。

「吉……」

不思議なほど呆気なく、膝から力が抜ける。

がくんと視界が下がり、すぐにはなにが起こったのか解らなかった。足元をふらつかせた吉祥へ、テーブル越しに氷室が腕を伸ばす。それより早く、背後から伸びた腕が腰を支えた。

甘ったるい匂いが、鼻先を掠める。

「……っ…」

男ばかりの構内には、不似合いな香水の香りだ。力が失せた吉祥の指から、がしゃんと音を立て盆が落ちる。ぎょっとしたように周囲の生徒たちが振り返り、息を呑んだ。

「ヒデー面」

吉祥の耳元を、掠れた声が舐める。荒《すさ》んだ響きも、髪に染《し》みる匂いも、学校の敷地のはるか外、吉祥が足を踏み入れることのない夜の世界のものだ。

「彌勒……」

振り返らなくても、背後に立つ者が誰かなど、解る。弟の名を絞り出すと、乾いた指の腹が右の瞼へ触れた。

「おい、あいつ文化部の……」

近くの席に座っていた上級生が、声をひそめ隣の生徒を小突く。何気なく彌勒が視線を巡らせたのと、悲鳴が上がったのはほぼ同時だ。彌勒の腕が生徒の頭を掴み、迷うことなくテーブルへ叩きつける。

「呼んだ?」

怒気の欠片もない声が、軽薄に尋ねた。応える声など、勿論ない。

一瞬沈黙が周囲を押し包み、悲鳴が弾けた。食器へ突っ込んだ生徒の姿がおかしかったのか、彌勒が短い声を上げて笑う。驚き喚いた隣の生徒も、彌勒は軽々と蹴り退けた。背中から倒れた体が、派手な音を立ててテーブルへぶち当たる。

「汚《きたね》ェ」

食器の中身が飛び散り、彌勒が煩《わずら》わしそうに右手を振った。

「おいッ…、お前…」

肩を掴んだ上級生を、怠そうに振り返る。腕を伸ばすと、彌勒は小枝でも捻る動きで、上級生の指をへし折った。

「ぎゃあぁぁ！」

火がついたような悲鳴が、食堂へ響く。騒然となった空気のなか、彌勒が兄の肘を摑んだ。その眼には、邪魔な小石を蹴り退けたほどの達成感もない。当然のように腕を引かれ、吉祥は凍《こお》りついたように動けない自分に気がついた。

「あー？」

吉祥に代わり、踏み出した氷室を、彌勒が首を傾け振り返る。ただそれだけの動きにも拘らず、ぞっと産毛《うぶげ》が逆立った。

「やめろ、彌勒。…来い」

胸の内で友人に詫《わ》び、吉祥が低く彌勒を促す。

吉祥が座っていたのは、当然運動部員が集まるテーブルだ。こんな場所で文化部員が運動部員を殴るなど、自殺行為に等しい。

周囲はなにが起こったのか理解しがたい様子で、ざわついている。厳つい革靴に、銀色の蜘蛛《くも》が這う上着を身に着ける弟は、言うまでもなく私服姿だ。見咎め、立ち上がろうとした上級生の頭を、通りすぎざま彌勒が摑む。

「彌勒！」

兄の制止も聞かず、弟が薄ら笑いながらその頭を薙ぎ払った。

隣の生徒にぶつかり、激しい音を立てて上級生が転がる。振り返りもせず、彌勒は兄を引き摺り食堂を出た。

「…放せ」

喧騒《けんそう》が遠のき、吉祥が身を捻る。しかし彌勒は立ち止まることも、力をゆるめることもしなかった。

「どこに行く気だ」

ふるえそうになる声に、奥歯を噛む。

真っ直ぐ歩いているのが不思議なほど、頭の奥がぐらぐらした。見せつけられた圧倒的な暴力に、息が詰まる。

彌勒の暴力には、高揚も理由も、なにもない。あるいは一瞬の高揚や、暴力自身を目標とするささやかな理由があるのかもしれなかった。だがそれらはあまりにも、狂気じみている。

「彌勒…！」

礼拝堂で手酷く犯《おか》されて以来、吉祥が彌勒の姿を見かけるのはこれが初めてのことだった。もしかしたらあのまま、彌勒は寮へも戻っていないのかもしれない。稲妻《いなずま》が遠ざかり、豪雨《ごうう》が去るまで、暗い礼拝堂で繋がっていた。時間の感覚は、曖昧《あいまい》だ。

冷たい床に転がる兄を、礼拝堂から担《かつ》ぎ出したのも彌勒だった。すでに雷雲は消えていたが、周囲には本物の夜があった。

思い出すだけで、足元が不安定になる。胃のあたりを焦《こ》がす、酸《す》っぱいものが込み上がりそうで、吉祥は息を喘がせた。

「面倒臭ぇなァ」

振り返りもせず、彌勒が足を止める。驚き、つんのめりそうになった吉祥を支え、奥まった扉の一つを蹴り開いた。

来客用の、ちいさな洗面所だ。磨《す》り硝子から差し込む明かりが、白いタイルを照らしている。

「なんのつもりだ……」

腕を振りほどこうとするが、思うように力が入らない。真っ直ぐに洗面台へ向かった彌勒が、蛇口《じゃぐち》を捻った。

「口に手ェ突っ込むトコから手伝えってか」

大きな掌で後頭部を摑まれ、もがく間もなく洗面台へ引き摺られる。強引に頭を押し下げられると、驚きと共に胃を迫り上がるものがあった。

「……う……」

洗面台に両手をついて、息を詰める。ぐっと不快感が込み上がり、吉祥は呻いた。大きな手で背を撫でられると、それは明確な吐き気に変わる。

すぐ隣に彌勒がいると解っていても、止められない。たった今食べた昼食を、吉祥は苦しみながら吐き戻した。

胃が引きつり、涙が滲《にじ》む。

「ンだけしか食ってねぇのかよ、テメェ」

汚ェ、と罵る代わりに、彌勒がまじまじと見下ろした。吐瀉物《としゃぶつ》を前にしながら、彌勒は冷静に兄の苦痛を観察している。その確信に、怒りと情けなさで鼻腔が痛んだ。

慣れない嘔吐《おうと》に喘ぎながらも、全てを吐き出してしまえばわずかだが楽になる。ふるえる手で水を掬い、吉祥は繰り返し口を漱《すす》いだ。

生理的な涙に曇る視界に、指輪をはめた彌勒の右手が映る。ごつい指輪には、微かに黒い曇りがこびりついていた。血だ。

重たげな、夜の匂い。饐《す》えたごみと、血が入り混じる汚臭が蘇り、吉祥は呻いた。

母とそっくりな悲鳴が、もれそうになる。彌勒の拳を汚し、したたり続ける血の味が喉に広がるようで、吉祥は踵を返した。

「どこ行く気だコラ」

慌てることもなく、彌勒が痩《や》せた腕を摑む。

「放せ！」

尖った声が、迸った。

吐き出した吐瀉物などより、余程醜《みにく》い声だ。

「シモの世話だけじゃ足んねェで、ゲロの始末までさせといてそれかよ」

面倒そうな溜め息と共に、引き寄せられる。呆気なく足元がふらついて、薄い背が扉へぶつかった。

苦もなく扱われることへの屈辱《くつじょく》と、まだ生々しい恐怖の爪痕《つめあと》に息が上がる。

「頼んでない！　誰も……」

指輪を追った吉祥の視線に気づき、彌勒が拳を握った。

「あー、これ？　きったねー豚の血」

どうでもよさそうに、彌勒が汚れた指輪を吉祥の眼前に翳《かざ》す。冷えきった金属を左頰へこすりつけ

られ、ひ、と声がもれた。

血はすでに乾いている。それでも黒い血がべったりと頬骨を撫で、首筋へ垂れる心地がした。

「放……」

「全ッ然駄目、腹いっぱいになんねーわ豚殴るくれーじゃ。折角《せっかく》真面目にガッコ来たんだしよ。もっとマシなこと、させてくんね？」

吉祥の顎先に口を寄せ、彌勒が声をひそめる。春休みの最中、散々兄に頼みごとを繰り返したものと同じ、甘ったれた声だ。だが上目遣いに吉祥を見る眼には、あたたかな感情など一欠片《ひとかけら》もない。

膿《う》み疲れ、ぎらつく。底光る彌勒の双眸は、充足や平穏とは対極の熱に濁った。

「……ぁ……」

背を押しつけた扉の向こうを、幾つかの足音が通りすぎる。呼吸を奪う闇の底へ、力任せに引き摺り込まれる心地がした。

逃げ場のない体が、扉にぶつかって固い音を立てる。

「殴るよか楽しーこと、させてくれよお兄ちゃん」

悲鳴の代わりに、吉祥は冷たい扉へ爪を立てた。


コンクリートが剝き出しになった部室は、底冷えがした。

午後五時半をすぎたばかりの部室に、吉祥以外の人影はない。

寮内の行事のため、今日は普段よりも部活動の時間が短縮されている。吉祥は部長から清掃を言いつけられ、一人で部室に残った。

だが清掃といっても、大した仕事があるわけでもない。本来課《か》されるべきでない雑務は、先日練習を欠席したことへの罰《ばつ》だ。氷室が尤もらしい理由を告げてくれていたおかげで、欠席自体は大きな問題にならなかった。しかし入学以来、吉祥を取り巻く出来事を思うと、部長としても黙認するわけにはいかなかったのだろう。うるさい小言を口にする代わりに、吉祥へ部室の鍵を渡した。

どうせ寮へ戻っても、夕食を食べる気分ではない。

夕暮れが近づく外の気配を思うと気持ちが沈むが、そんな恐怖心さえどこか現実味に乏しかった。

片づけを終え、吉祥が背の高いロッカーを開く。制服の上着を取り出そうとして、吉祥は鏡に目を留めた。人形のように虚《うつ》ろな容貌を嫌い、掌で顔をこする。

一週間前に比べると、明らかに頬の肉付きが薄く、痩せたようだ。

日に日に憔悴《しょうすい》の色を深める兄を、彌勒はにやつきながら見下ろした。覚えのある眼だ。夜の街を住処《すみか》にしていた頃、自宅へと帰るたびに弟が見せた、あの眼だった。

ぞくりと悪寒が込み上げ、吉祥は勢いよくロッカーを閉じた。響いた音の大きさに、嫌悪《けんお》感が増す。

何故、こんなことになってしまったのだろう。

家族の許を離れ、一人で三年間をすごすはずだった。隣に彌勒がいないというだけで、空虚となった体を抱え、学舎の門をくぐった。自分が下した決断や、傲慢《ごうまん》さのどれ一つ、許せるものはなかった。

同時に、それ以外の何者も、恨む気持ちもなかった。

だが今は、どうだろうか。弟を思い描く時、声にならない苦痛が喉元に迫り上がった。

爪の先が、無意識に左の胸に食い込んで新しい傷を残す。

自分を棄《す》てたかったのだろうと、彌勒は言った。歪んだ弟さえ遠ざければ、正しい姿を取り戻せると思ったのだろう、と。

決してそんなことはない。そう否定した言葉の真実さえ、今は遠い。

彌勒を思うたび、こうして自分は苦痛を味わっている。言葉にも出して、彌勒の存在を否定しもした。

何故暴力という闇を、捨てられないのか。何故憔悴する兄を打ちのめし、残酷《ざんこく》に追い詰めてゆけるのか。

何故。

破れた皮膚から血が噴き出すように、彌勒に対する不満と憤《いきどお》りが、同じ鋭利さで吉祥自身を裂く。

「くそ…っ」

罵り、吉祥は視線を上げた。部室の扉が、開く。

共に寮へ帰る約束をしていた、友人だろうか。

「氷室……」

練習を終えてすぐ、氷室は用があるからと部室を後にした。彌勒に起因《きいん》する騒動の火消しや根回しのため、氷室は日々動き回ってくれているのだ。用件が終わったら部室へ寄ると言っていたが、思ったよりも早かったらしい。戸口を振り返り、吉祥は息を詰めた。

「…コンバンワー」

律儀《りちぎ》な挨拶と共に、扉から突き出た頭が下がる。

「お前は……」

扉から覗く頭は、氷室のものではない。ぎ、と控《ひか》え目に扉が開き、俊敏そうな体が現れた。スピードスケート部の、杉浦だ。

杉浦の頬や目元には、ぎょっとするほど大きな痣《あざ》が浮いている。見覚えのないそれは、彌勒が蹴りつけた際にできたものではないだろう。

驚く吉祥の目の前で、扉が音を立てて閉ざされた。

「…っ」

「ごめん。俺、あんたに、話があって」

扉の前に立ち塞がり、杉浦が目を伏せる。杉浦が、一人でここに来ているとは限らない。注意深く、吉祥は電源の位置を確認した。

「……この前のこと聞いたんだ。本当、ごめん。……怪我、なかったか?」

苦しげに謝罪され、吉祥の眉間が歪む。

「あんなことになって、謝ってすむよーな話じゃないんだけど…」

あんなこと。

同性に寄って集《たか》って組み敷かれ、裸に剝かれたことか。呻くような息がもれそうになり、吉祥は奥歯を噛んだ。

「そうか、だったらもう用件は解った。出てってくれ」

声が上擦らなかったのは幸いだ。むしろひどく冷淡な声が出た。自分らしくて、ぞっとする。

「ま、待てよ！　マジ、俺、悪いことしたと思ってんだ。植田さんや美濃輪さんに口実作らせちまったのは俺だし…」

快活《かいかつ》な杉浦の声が、苦痛に歪んだ。眉間に深い皺を刻み、杉浦がゆっくりと肺を膨らませる。

「俺が、ここへ来たのは、あんたを……今夜は、閉じ込めときたくて…」

意志の強さを示す目が、真っ直ぐに吉祥を見た。

「……閉じ込める？」

眉を寄せた吉祥に、杉浦が慌てて首を横に振る。

「え、あ、あの、へ、変な下心とかないよ？　あんた縛ってどーにかしよーとかそんなじゃ…」

声を上擦らせ、杉浦がごそごそと制服の上着を探った。釈明《しゃくめい》とはまるで正反対に、懐《ふところ》から取り出された縄《なわ》の束《たば》に、吉祥が息を呑む。素早く伸ばした腕で、吉祥がスティックを摑んだ。

「ちょ！　待ッ！　違う！　その、できれば今夜、この部室にいてもらえないかな、って」

大きく手を振りながら、杉浦が縄の束を解く。足元まで垂れてもまだ余る縄は、随分と長い。これでもまだ穏便《おんびん》な態度のつもりなら、杉浦の頭はどうなっているのか。

「き、今日、御前《ごぜん》会議があるだろ」

応えない吉祥に、杉浦が言葉を選ぶ。

「ええっと、任命式？　寮の学年代表の。生徒会とかも顔揃《そろ》えて、それぞれの寮の…まあ、色んな部の偉《えら》い人が集まるやつ」

時代錯誤《さくご》な物言いは、吉祥には馴染まない。しかし任命式と言えば、心当たりがあった。校内の代表によって、今夜寮の学年代表が決定、任命される。一般の生徒は任命式そのものとは無関係だが、その後各寮で行われる集会に出席するため、部員のほとんどが帰寮していた。

「知ってる？　あんたの弟、任命式に呼び出されてんの」

杉浦の言葉に、吉祥が黒い双眸を見開く。

「運動部連中は、相当頭にきてるから。でも文化部は当たり前だけど完全擁護《ようご》だろ？　面子面子ってうるさい運動部が、どうにか御前会議に引っ張り出して、吊るし上げるつー話になったみたいで」

腕力では彌勒に敵《かな》わない連中が、頭数を集めて対抗しようということか。薄い唇を噛むと、杉浦もまた腰に手を当て体を折った。

「つっても運動部も一枚岩じゃないし。正式な呼び出しってより、結局は私刑《リンチ》なんだけど」

「それが俺に、なにか関係があるのか」

動揺のない声は、部屋の空気よりも冷たく刺々《とげとげ》しい。そもそも何故杉浦が弟の窮地《きゅうち》を報せるのか、吉祥には真意が理解できなかった。

「大体あいつが、そんな場所に顔を出すと思ってるのか」

弟が身を浸《ひた》す、夜の匂いを思い出す。授業どころか、構内に留まることさえ難しい彌勒が、そんな面倒な場に出向くなどあり得ない。

「そこが問題で…、俺がここにいるわけなんだけど」

これ以上なく顔を歪め、杉浦が手にした縄を両手に取った。

「弟が同じ学校にいるの、俺、あんたのためになんねーと思う」

迷いのない目を向けられ、スティックを握る吉祥の指がふるえる。

礼拝堂で弟へ投げつけた言葉が、まざまざと脳裏へ蘇った。

「普通じゃないよ、あいつ。いくら兄弟だからって、あんなの庇《かば》ってたらあんたの身が保《も》たない。それ以前に、絶対この前の…美濃輪先輩たちが起こしたみたいな騒ぎが起きる。スピードスケート部に限った話じゃなくって」

辛そうな杉浦の声には、確信めいた響きがある。それが現実のものとなる兆候《ちょうこう》を、杉浦は実際に嗅ぎ取っているということか。

「今夜、弟呼び出すために、美濃輪さんたち、仁科君の名前、出したんだ」

「……俺の…?」

ぴくり、と吉祥の意志とは無関係に、頬の筋肉が引きつる。厳しさを増した目に、杉浦がいたたまれない様子で唇を引き結んだ。

「資料室でボコられた先輩いたろ? あん時、あんたのこと口にした途端、弟がブチ切れたらしいんだ。だから弟に、お前が来なかったら、兄がどんな目に遭《あ》うか…校内にだっていられなくなるって脅して、呼び出したって」

卑劣《ひれつ》な手段を恥じているのか、杉浦が視線を落とす。

「……そーなると、実際仁科君を押さえとかなきゃ駄目だろ、って。それで……」

手にした縄を示した杉浦へ、吉祥は大きくスティックを振り上げた。なにが謝りに来た、だ。結局は彌勒を引き摺り出すために、自分を利用しようというのではないか。

「出て行け！」

「待…！　最後まで聞いてくれ！」

俊敏な動きで飛び退いた杉浦が、長い縄でロッカーの扉を固定し始める。まるでなにかを、閉じ込めてでもいるかのようだ。

「なんのつもりだ、お前……」

「いいか、今夜あんたはこの部室から出なかった。俺にこのロッカーへ閉じ込められて、どこにも行けなかった」

扉が開かないようロッカーを括り、杉浦が吉祥を見る。

「どういう意味だ。俺を御前会議とやらへ連れて行くんじゃないのか？」

「逆だ！　あんたが弟に会ったら、呼び出した口実が嘘《うそ》だってばれる。だから今夜は、全部が終わるまで弟に会わない場所にいてくれ。スピードスケート部の連中にも。あんたが自由だって知ったら、今度こそあいつらなにするか解らない。そうじゃなくても…。だから、俺が来たんだ」

傷が痛んだのか、杉浦が顔を歪め痣をさする。

杉浦の言葉が本当だとすれば、彼に与えられたのは吉祥を閉じ込め、足留めをする役目だ。だがそれに従わず、杉浦は吉祥に自由を与えようとしている。もし同じ役目を他の者が引き受けていたら、吉祥は自由どころか、先日の礼拝堂と同じ暴力を見舞われていたということか。

「お前、もしかしてその怪我……」

最初から、杉浦がこの役目を任されていたとは限らない。部の方針《ほうしん》に従わないどころか意見をするだけで、殴られても不思議はなかった。

半歩踏み出し、吉祥がそっと杉浦の額《ひたい》へ手を伸ばす。傷に触れないよう、痣の周囲を確かめると、杉浦が顔を真っ赤にして飛び退いた。

「わ、悪い。痛かったか？」

慌てて腕を引いた吉祥に、杉浦が大きく首を横に振る。

「だだだだ大丈夫！　すっげいい匂いがしてびびっただけ」

声を上擦らせ、杉浦がまだ赤い顔で左胸を押さえた。

「……でも俺を逃がして、お前になんの得がある。上級生を裏切ってまで」

「仁科君が礼拝堂に近づかないでいてくれれば、縛る必要なんてないってだけでさ。それと俺……」

一度言葉を切り、杉浦が大きく息を吸う。視線を逃したのは、一瞬だ。ふ、と息を吐くと、輝きを増した双眸が吉祥を射《い》った。

「…悪ぃけどあんたの弟、殴るよ」

揺らぐことのない決意が、人懐っこい杉浦の双眸で輝く。それは自分の信念を疑わない者の目だ。

「蹴られたからとかじゃないぜ？　多対一じゃあんまりにも卑怯《ひきょう》だろ。弟、引き摺り出すのが決定事項なら、せめて俺が殴る。一対一で」

復讐《ふくしゅう》と暴力に満ちた話題を口にしながら、杉浦の口調はさっぱりと乾いている。

「で、やっぱ言い訳なんだけど」

吉祥が口を開く前に、杉浦ががりがりと頭を掻いた。思いの外長くなった自分の話に、困惑しているらしい。

「さすがに今回は騒ぎがデカくなって、殴った俺もあんたの弟もクビって可能性高いわけだけど。俺としては、それがあんたにとっていいことだと思ってる。まーそれも言い訳だけど」

一息に吐き出した杉浦が、壁の時計に目を向ける。時間に気づき、慌てたように扉へ飛びついた。

「んじゃ、そーゆーことで！　頼むからおとなしくしててよ！」

手を上げた杉浦が、扉の端で頭をぶつける。大袈裟に痛がりながらも、杉浦は急ぎ足で部室を飛び出した。

「…おい！　杉浦！」

遠ざかる足音を聞き、茫然と立ちつくした吉祥が我に返る。

「待て！」

杉浦を追い廊下へ急ぐが、姿は見えない。通路を抜け、部室棟から走り出た足がぎくりと竦む。

「…っ…」

夕闇だ。

急激な明るさの変化に目が慣れず、足元が揺れる。

「……あ…」

呻き、後退った背中が扉に触れた。夜の訪れを告げる濃紺《のうこん》の空が、吉祥から呼吸を奪う。耳鳴りがした。

正常な世界は、いつでも簡単に吉祥を弾き出す。

嘔吐きそうな胃に掌を押し当て、吉祥は慎重《しんちょう》に外の世界へ目を向けた。まだ明るさを残す空を捉え、目と体が馴染むのを待つ。短く早かった呼吸が、少しずつ落ちつくが、視界の広さは回復《かいふく》しない。それでも外灯が灯る夕闇の明るさは、絶望に至《いた》るものではないはずだった。

「くそ……っ…」

鼻腔の奥が痛んだが、涙はこぼれない。ずるずると壁伝いに体が沈み、吉祥は掌へ額を押しつけた。

彌勒を殴ると、杉浦は言った。

そうでなくても入学以来、彌勒に端《たん》をなす騒ぎは片手では足りないだろう。今夜決定的な問題を起こせば、杉浦が言う通り正式な処分が下っても不思議はない。

退学《クビ》になる、と。

そんな形で彌勒が学校から去る想像を、思い描いてこなかった自分に驚く。彌勒の不在は、入学式の朝まで、吉祥が覚悟《かくご》していた生活そのものではないだろうか。

暗闇に怯える自分を隠し、新しい環境に身を置く。弟の拳に染みた闇を目の当《ま》たり《あ》にすることも、報復《ほうふく》の飛び火に煩わされることもない。

啜り上げたはずの呼吸が苦しくて、皺になるほどきつく、シャツの胸元を摑む。

こんなはずではなかった。

こんな痛みを抱えて、誰かを、彌勒を、疎《うと》ましく思うなどと。

失いたくないと、願った。どんな姿でも、彌勒を消し去ることはできないと叫んだ気持ちに、偽《いつわ》りはない。

自分たちを変質させた過去の出来事よりも、失う辛さを拒《こば》んだはずなのに、今はどうだろうか。自分自身の真実さえ見失ってしまいそうなほど、この心は臆病《おくびょう》で、弱い。

「……ぁ…」

風に運ばれ、幾重にも鐘の音が聞こえた。

礼拝堂の、鐘だ。

任命式の開始を告げるものだろうか。

巡らせた視界が、夕闇に浮かぶ道を捉える。寮へと続く道だ。礼拝堂へも、通じているはずだった。

しかし吉祥の目には、遠い場所を眺め透《す》かすことはできない。

重く木霊《こだま》する鐘の音を聞きながら、吉祥はゆっくりと立ち上がった。


繰り返される、単調な呼吸。足音。

連続する音に意識を掻き集め、伸ばした腕は左だった。

「君…」

係の腕章《わんしょう》を着けた生徒が、歩み寄る。真昼のような照明が周囲を照らし、吉祥は青白い顔を上げた。

「今はなかには入れない。非公式議題の討議《とうぎ》中で……。どうした、具合でも悪いのか？」

文化部員なのだろう。心配気な声にも耳を貸さず、重い扉を開く。深く軋んだ扉の向こうから、橙《だいだい》色の光があふれた。

祭壇《さいだん》の眩しさに、夕闇を抜けてきた視界が揺れる。踏み出した吉祥の足音に、最後列に控えていた生徒が振り返った。腕には運営委員であることを示す、中立《ちゅうりつ》の白い腕章を着けている。

「君、腕章は？」

生徒は手元の書類を繰《く》り名前を探そうとしたが、吉祥は足を止めなかった。身廊《しんろう》に並ぶ椅子の前列に、各部の部長たちの背中がある。座っている者もいれば、立ち上がっている者もいた。

礼拝用の椅子と向き合う形で、祭壇の前には説教台が据《す》えられている。その周辺を、何人もの生徒が取り巻いていた。説教台の更に奥にも、うつくしい彫刻《ちょうこく》が施《ほどこ》された椅子が並べられている。一段高くなったそこには、真っ赤な腕章を着けた生徒が八名ほどかけていた。

礼拝堂に集《つど》う生徒は、全部で六十人ほどだろうか。

「おい、あれ……」

真っ直ぐに進む吉祥に気づき、部長の一人が顔を上げる。通路に控えていた生徒も、驚いたように吉祥を見た。

「待て！　お前どうやって…」

摑みかかろうとする腕を、振り払う。幾つかの目が自分を振り返ったが、構わなかった。

目映《まばゆ》い祭壇の中央に、黒い影がある。暗がりの全てを掻き集め、煮詰めたかのようだ。

取り囲む生徒たちは、皆きちんと制服を身に着けている。しかし胸倉を摑まれ、殴りかかられる彌勒だけが、灰色の私服姿だ。グロテスクな骸骨を胸に踊らせる弟が、驚きに双眸を見開いた。

「……なにやってんだテメェ」

前触れなく口を開いた彌勒に、周囲の人間がぎくりとする。彌勒の視線を追い、筋骨逞《たくま》しい生徒たちが吉祥を振り返った。

「な…、あんた……」

彌勒の胸倉を摑んでいた杉浦もまた、声を上擦らせて吉祥を見る。礼拝用の椅子に着いていたアイスホッケー部の部長が、慌てて立ち上がった。

「どうなってんだ、偉須呂！　動けねーようにしろつっただろ」

杉浦の後ろに立っていた美濃輪が、腹立たしげに吐き捨てる。美濃輪を含め、彌勒を取り囲むのは皆スピードスケート部を中心とした、運動部員たちだ。

「なんにしたって兄の方は無関係だろ！」

彌勒へ拳を振り上げたまま、杉浦が怒鳴る。抗議する杉浦に舌打ちし、植田が吉祥の背中を突いた。

「こーなっちまえば一緒だ。助けてやればあ、オトートを。つっても二人じゃどーにもなんねーか」

礼拝堂を見回して、植田が包帯を巻いた首を撫でる。

胸倉を摑まれた彌勒の頬には、真新しい痣があった。杉浦か、あるいは取り囲む男たちに殴られたのだろう。ここに集まる運動部員たちは、多かれ少なかれ彌勒に不満を抱えているのだ。杉浦は実際、一人きりで彌勒と対峙《たいじ》するつもりなのだろうが、結局は多勢に無勢だった。

「それより、二人一緒に自主退学したらどうだ？　それが嫌なら土下座《どげざ》でもして、どこの部の庇護《ひご》も受けねー、運動部の…第二寮直属の奴隷《どれい》になりますって約束しちゃえよ」

いやらしい声で笑い、美濃輪が吉祥の二の腕を摑む。指が食い込むより早く、吉祥は美濃輪の手を捻り上げた。

「うわ…っ…」

力任せに突き飛ばされ、予想をしていなかった痛みに美濃輪が呻く。

「野郎…！」

まさか本気で、この人数を相手にするつもりなのか。当惑を浮かべた杉浦が、吉祥を見る。

「…仁科君、人の話、聞いてなかったのか？」

彌勒の胸倉を摑む力をゆるめないまま、杉浦が唸った。杉浦の困惑は尤もだ。彼の尽力《じんりょく》を思えば、確かに自分はここへ来るべきではなかった。

「今すぐ出てけ。ここにいたら弟だけじゃない、あんたまで巻き込まれ……」

ひそめられた忠告《ちゅうこく》を聞かず、杉浦の腕を摑む。上級生たちの前で、謝意《しゃい》を告げることはできない。そうかと言って、有効《ゆうこう》な手立てを考える余裕はなく、吉祥は息を詰めて杉浦の足を払った。

「な…っ…」

意表を突かれ、ふらついた杉浦が床に落ちる。

「テメ…！」

すぐに飛び出そうとした上級生たちを、吉祥は初めて見回した。静まり返った双眸に、男たちが息を呑む。同じ視線で、吉祥は彌勒へ向き直った。

頬に痛々しい痣を刻みながらも、彌勒はその表情にわずかな苦痛も浮かべていない。ただ暗がりの世界を抜け、礼拝堂へ辿り着いた兄を、信じられないものを見るような眼で見ていた。

同じ礼拝堂で体を繋いで以来、直視などしてこなかった弟の双眸だ。それどころか、入学式から今日まで、果たして自分は彌勒を真正面から捉えてきただろうか。

醜い皺に歪んだ彌勒の胸倉へ、吉祥は白い腕を伸ばした。

「…っ……」

形のよい指が、拳を握る。渾身《こんしん》の力で、吉祥は彌勒の頬を打った。

「ちょ……」

床に尻をついたまま、杉浦があんぐりと口を開く。彌勒の長身が揺らぎ、音を立て説教台へぶつかった。小柄な者なら間違いなく、昏倒していただろう。

誰一人、口を開く者はいない。容赦のない一撃に、礼拝堂内が静まり返った。

「…お前が誰かを殴るたびに、俺がどんな思いをしてきたか解ってるんだろう？」

乾いた声が、説教台に体を預ける彌勒を打つ。

長い前髪が、彫《ほ》りの深い彌勒の目元へ乱れ落ちていた。その奥で輝く双眸が、吉祥を射る。肺を素手で摑まれるような鋭さにも、吉祥は怯《ひる》まなかった。

「最近のことだけじゃない。ずっと、お前が…家を離れてる時だって、俺が……」

加減なく弟を殴った拳を、もう一度持ち上げる。

「は……」

短い笑いがもれた。場違いな声を上げ、美濃輪がふらつく体を起こす。

「ケッサクだな。兄の方はよーやく自分の立場ってのが解ったらしいぜ」

げらげらと大声を上げ、美濃輪が杉浦を押し退けた。杉浦が止める間もなく、美濃輪が彌勒の肩に手をかける。

「遅えーんだよ莫迦が。でも折角改心したんだ、兄だけでも可愛がってやるぜ？　第二寮の奴隷ってことで…」

不快な声を終わりまで聞かず、彌勒の肘が美濃輪の鳩尾《みずおち》にめり込んだ。振り返りもしない。飛び出しそうなほど目を見開いた美濃輪の喉元に、骨張った指が食い込む。

身動き一つできない相手を、彌勒は頓着《とんちゃく》なく床へ叩きつけた。

「……っ…」

気味悪く響いた音は、吉祥の拳の比ではない。恐ろしい音を聞いても、吉祥は目を逸らさなかった。

真っ直ぐに注がれる兄の視線に、彌勒の双眸が歪む。苦痛とは違う。覚悟の色だ。

鬩《せめ》ぎ合うその色に、吉祥は腕を伸ばした。

摑んだ彌勒の腕は力強く、ふるえ一つない。抉るように強い弟の眼光を、吉祥は一心に見返した。

「悪かった」

絞り出した声の弱さに、咽頭《いんとう》が引きつる。こんな時でも重たい自分の口が、情けない。

彌勒が抱く熱情の暗さを責めるより、自分には口にしなければならない言葉があった。

解っていながら、この一カ月、ずっと口にできなかった言葉でもあった。

最低だ。

「…解ってなかったのは、俺の方だ。お前が、どんな気持ちでいたか…」

掠れた声は無様で、吉祥は弟を殴った左手を強く握った。

「だから…俺を、殴れ」

吐き出した声は、やはり少し、ふるえていたかもしれない。

声もなく、彌勒が双眸を見開く。まるで化学反応を起こしたようにはっきりと、その眼が色を変える瞬間を、吉祥は見た。

ゆらりと、彌勒が体勢を支え直す。真っ直ぐに兄を見下ろす弟の視線は、春休みを経《へ》てまた少し、高くなったようだ。

「………マジで?」

静寂に似つかわしくない、疑り深い声が尋ねる。

「…マジでンなこと言うためにここ来たのかよ！　この暗ぇなか？」

歯を剝き出し、彌勒が怒りを込めて吐き捨てた。銀色の指輪をはめた弟の右手が、持ち上がる。

殴られるのか。

覚悟を決め、はっきりと頷いた兄の頬へ影が落ちる。

「勘弁しろよテメェ」

前髪を掻き上げた彌勒が、ぐったりと吉祥の肩口へ顔を伏せた。

「…つか、許してよ」

低くもらされた声に、耳を疑う。それは拳よりも激しく、吉祥の胸を打った。

「ごめんお兄ちゃん」

こんなに苦い声を、吉祥は他に聞いたことがない。低い位置から、彌勒の双眸が窺《うかが》うように吉祥を見た。

手首を摑んでいた吉祥の指から、殺がれるように力が抜ける。指が解けると、自分が彌勒を摑んでいたのでなく、その体に縋《すが》っていたのだと思い知らされた。

大きく息を吸い込み、自分たちを注視する男たちを振り返る。部長の御厨と目が合ったが、その顔は蒼白なままだ。床に座り込む杉浦も、ただ茫然と吉祥を見ていた。

「……すみませんでした。こんな騒ぎになったことは、心からお詫びします」

切り出された吉祥の声音に、周囲が水を打ったように静まり返る。

「俺はこいつに…彌勒に非がないとは、勿論言いません」

注がれる視線から目を逸らさず、吉祥は礼拝堂を見回した。

「ただこいつだけに非があるとも、思わない」

制服を身に着けず、学校の規範に従わないのは、彌勒の非だ。しかしこの数日を除けば、入学式以降、彌勒は誰彼構わず、なんの理由もなく人を殴ったわけでもなかった。礼拝堂で植田たちに拳を振るったきっかけは、兄を助けるためだ。

それは過去の、そしてこの数日間、彌勒が身の内に宿していた暴力とは質が違う。

報復でも、威嚇《いかく》でもない。真実彌勒の拳が求めるものがあるとすれば、それはただ純粋な暴力でしかなかった。

兄のように、弟は暗闇を懼れない。代わりに双眸を染めた暗がりは、彌勒に拭いがたい閉塞感を与えた。暴力による発露《はつろ》は、ほんの一瞬、彌勒に安楽な呼吸を許す。

この場にいる全員を殴り伏せたとしても、心底から満たされることはないだろう。そもそも力で勝《まさ》る彌勒は、こんな場所へ引き出される理由などなかった。

全ては、兄のためだ。

いつでもそうだった。兄の望みを叶え、彌勒は自宅へも戻った。弟がどんな気持ちであの半年をすごしたか、結局自分は理解などできていなかったのだ。

夜の街を捨てて自宅へ戻ったのは、彌勒にとってそれが容易だったからではない。

たかが。たかが暗闇だ。何故暴力が捨てられないのかと、自分が弟を責めたように、何故それを懼れるのかと指摘され、自分は応えることができるだろうか。

喧騒と、夜と、暴力の退屈さを、彌勒は誰よりも知っている。それでも明かりを灯すように易々と、全てを振り払ってはしまえなかった。

「実際こいつが迷惑をかけた人や、怪我をさせた人たちには、本当に申し訳ないと思います」

だけれど、と。

深く空気を吸い込み、吉祥は言葉を継いだ。

「不満があるなら、まず俺に言って下さい。問題があれば、いつでも俺がこいつを、殴る」

本気で殴り合えば、自分が勝てないことは知っていた。弟の暴力を諫《いさ》めながらも、同じ拳で彌勒を殴るのは、結局自分が、力で劣るからだ。

度し難《がた》い。

自分たちは歪んで捻《ねじ》れて、そしてやはり確実に、繋がっている。

「でもこんなふうに、頭数を揃えて理不尽《りふじん》な扱いをするつもりなら……」

静まり返った礼拝堂からは、咳《せき》一つ聞こえない。抗議の声を上げることも忘れ、息を呑む上級生を、吉祥は見回した。

「その時は、俺は彌勒に肩入れして、あんたたちと戦う」

どれほど一方的な、言い分なのか。

解っていても、誰に指摘されても、撤回《てっかい》する気持ちはなかった。

目を向けた戸口に、見慣れた人影がある。吉祥の視線に気づき、氷室がにやりと笑って手を上げた。機嫌のよい友人の手には、銀色のカメラが握られている。

いつからそこにいて、どんな写真を撮ったのか。疑問は湧いたが確かめるつもりはなかった。そんなことは、どうでもいい。呆気に取られ、押し黙っている上級生たちが、その後どんなふうに騒ぎ出すのかさえ、どうでもいいのだ。

弟の手を摑み、踏み出す。

くん、と腕が引っ張られ、彌勒が棒立ちでいることを知った。振り返った兄と摑まれた手とを、彌勒が見比べる。

あまりにもびっくりしたその顔に、不謹慎《ふきんしん》だが吹き出しそうになった。ちいさな頃からいつだって行動が早いのは彌勒で、動きたくない弟を急かす以外、手を引く役目は吉祥になかった。

もう一度、引っぱる。

迷うように、彌勒が踏み出した。腕を摑んでいた指先が、彌勒の指へ触れる。今度は促さなくても、互いの手が握り合った。

あたたかい。

扉を開くと、夜の匂いがした。

目を覆う代わりに、弟の手を強く握る。光はない。だがもっと確かなものが、手のなかにはあった。

弾み上がる息に、唇の端が少しだけ、笑う。

「寒くないか?」

火の気が失せた寮の部屋は、山の空気に冷やされている。振り返りもせず声をかけ、吉祥は暖房器具に近寄ろうとした。しかし握り合わせた手は、微動だにしない。

ずっと、繋いでいた。

いつ振りだろう。実家ですごした春休みも、気がつけばいつでも触れられる場所に、彌勒はいた。引っ越しの準備をしている最中でさえそうだ。

しかし手を握り、道を歩いた記憶は遙かに遠い。春休みよりもっとずっと遠い昔、当たり前のようにそうしていた。今となってはどうやってあの指をほどいたのか、思い出せない。

戸口にも彌勒にも背を向け、吉祥は重なる左手を意識した。

ぴったりと握り合った指先は、痺れて感覚を失っている。寮に帰り着き、靴の砂埃を落とす間ですら、吉祥は弟の手を放さなかった。帰寮した吉祥が、文化部員の弟を伴っていることに、寮の誰もが驚いた。当然だ。

苦情を言おうと、足音も荒く近づいた上級生もいた。しかし吉祥の双眸と、繋がれた手を目にし、言葉を呑んだ。吉祥に手を引かれる彌勒は首を傾け、終始無言だった。

薄笑いさえない彌勒に、気圧《けお》されたのかもしれない。寮の総会を欠席する旨《むね》を伝え、自室へ向かっても、二人を追う者は誰もいなかった。閉ざされた扉の向こうにも、人の気配はない。大きく息を吸い、吉祥は握り合った指を動かした。

慎重に指を伸ばそうとすると、強い力で握り返される。掌を圧迫されて、初めて自分の体の所在を知った。

彌勒は、動かない。おとなしく吉祥の斜め後ろに控えたまま、じっと兄の踝のあたりに眼を凝らしている。

「……あのな…」

弟を振り返れないまま、吉祥の視線が磨き上げられた床板を彷徨《さまよ》った。

言わなければならない言葉など、一つしかない。

意地を張るなど、無意味なことだ。解っているのに、こんな時にでも自分は素直になれない。

「彌勒……、俺……」

「ありがとな」

唐突に切り出され、ぎくりと肩がふるえる。

そこには冷笑も、達観もない。ぼそりと落とされた声はひどく不器用で、耳に馴染まなかった。

「……まさか吉祥があそこに来るとは思ってなかった。マジ、テメェになんかあったら、クズ共生かしとく気はなかったけどよ」

絶対に。

強い確信に、刃物を押し当てられたように背筋が冷える。振り返ることができずにいる兄の背後で、彌勒が所在なげに体を揺らした。

「…来てくれてすげー嬉しかった」

身柄を拘束《こうそく》されているだろう状況に加え、あの暗がりだ。兄が礼拝堂を訪れる可能性がないと考えるのは、当然だった。だがそれだけでなく、たとえ自由の身であったとしても、吉祥が弟を弁護《べんご》するため姿を現すなど、あり得ないと彌勒は考えていたのだろう。

その確信があったからこそ、下らない呼び出しに応え、礼拝堂へ赴《おもむ》いたのかもしれない。学校を去る覚悟など、彌勒はすでに決めていたはずだ。

「でも暗ぇとこ一人で歩くのやめろ。マジキツかっただろ、あん時」

苦い声音に、行き場のない舌打ちが交ざる。歯を食いしばる彌勒の顔が浮かぶようで、吉祥はちいさく首を横に振った。

「………辛かったのは、俺なんかよりお前の方だろ」

ぴくりと、彌勒の肩がふるえるのが伝わる。目を瞑り、吉祥は大きく息を吸った。

「ごめんな…」

礼拝堂で口にしたよりも、謝罪は苦く響いた。

「…普通の…他の人たちみたいに、なんで暗い場所、平気で歩けないのかって言われても、俺には明るいところしか歩けない。なのにお前だけ責めて…。お前がどんな思いで抑《おさ》えてくれてたのか、考えもせずに……」

自分の傷さえ持て余す自分が、弟の傷口とどう向き合ってゆくのか。それはひどく恐ろしく、容易な結論はなにもない。

だが全てを否定し、目を背《そむ》けることはできなかった。弟を、彌勒を、この手で摑んでおきたいと思えば尚のことだ。

「本当に、ごめん。酷いこと言ったとか、心配かけたことだけじゃない。……自分で、話すつもりだったんだ。俺がここ、受験すること。結局、言い出せなくて……」

今更。

そう罵られても、当たり前だ。吐き出しきれず、ずっと胸にかかっていた言葉は、錆《さ》びついたように苦く、重い。

だらりと垂れた右手の指が、左の胸を掻き毟りたそうに動いた。

「お前を、がっかりさせるのが、…怖かったんだ。黙ってたって、結果は一緒なのに…、ごめん」

三カ月だ。吉祥の志望校を知ってからのその期間、彌勒はどんな気持ちで兄からの告白を待っていたのか。暴力に取り憑かれた拳が闇を離れ、退屈な家庭で夜をすごした。全ては、兄の信頼と誠意を待ち望んだ故だ。

それを、裏切った。

低く吐き出した吉祥の斜め後ろで、彌勒が動く。弟は目元に落ちる長い髪を、掻き上げたようだ。

「……そんだけ？」

痩せて尖る吉祥の肩骨へ、額がつくくらい顔を伏せ、彌勒が呟く。

ぎくりと、吉祥の肩が跳ねた。

「他にねーのかよテメェ」

「俺は…！」

振り返る勇気のないまま、吉祥の声が尖る。

卒業式を待つまでの間、吉祥は彌勒を都合のいい弟として身辺《しんぺん》に置いたつもりはない。

ただ浮かれていた。彌勒が与えてくれた、平穏に。世界の明るさに。どれほど言葉を重ねようと、結局は兄の愚《おろ》かさを上塗りする言い訳でしかない。唇を噤《つぐ》んだ吉祥の頬に、影が落ちた。音もなく半歩近づいた彌勒が、肩口のすぐ間近へ額を寄せる。

「俺は？　なんだ」

揶揄のない声で促され、吉祥は強く唇を噛んだ。

「……つかよ、テメェは俺が同じガッコ来て、どーだったわけ」

触れない唇を凝視《ぎょうし》し、彌勒が苦しげに顔を歪める。弾かれたように、吉祥は弟を振り返った。

初めて真正面から、弟の眼と視線が行き当たる。突然自分を振り返った兄に驚き、彌勒の双眸が見開かれた。

「最悪だ！」

腹の底から、吐き捨てる。

最悪だ。

休みの間中、罪悪感と離別《りべつ》の苦しさを逆手《さかて》に、散々恥辱《ちじょく》を迫られた。入学式では悪趣味《あくしゅみ》なガーターベルトを贈られ、初日から騒ぎの中心人物となった。彌勒の拳は加減なく人を殴り、敵同士のように対立する学校の規則にも、頓着しない。

最悪だ。

咎める言葉なら、底をつきない。

「最悪に決まってるだろう！」

だけど、と吉祥は息を啜った。

彌勒は双眸を瞠ったまま、兄を見ている。いつの間にか重く床へ落ちた自分の視線に、吉祥は眉間を歪めた。真っ直ぐに見上げる勇気を持たず、繋いだ右手で強く、彌勒の胸を打つ。

「…だけど、……嬉しかった…」

入学式の会場で弟を見た瞬間、それが現実とは思えなかった。触れて、罵って、現実だと知る。

真っ先に込み上げたのは、胃が浮《うわ》つくような幸福感だ。

どうしようもなく、嬉しかった。

凍《いて》つく闇が晴れて、深い呼吸が許される。圧倒的で明快な喜びは、同時に吉祥を狼狽《うろた》えさせた。

やはりこの体は、完全ではない。切り離された体の片割れを求めるように、自分は彌勒の存在に安《あん》堵《ど》する。

「………もっかい言って」

汚い言葉ばかり吐く唇が、ひどく真剣な声を出した。食い入るように自分を見る双眸に耐えられず、吉祥は握り合わせた手でもう一度弟を打った。

「二度と言うか！」

「ヒッデ！　な、もっかい！　もっかいでいーから言えよ！」

繋いだ手を引っ張られ、足元が揺らぐ。踏み止まれず、瘦せた体が勢いよく彌勒の胸にぶつかった。

「彌…」

「…くっそすっげ嬉しー」

逃げようとする肩口へ額を押しつけ、彌勒が唸る。染められた髪が頬に当たり、握り合わせた指先がふるえた。

「マジ脳味噌《のうみそ》溶けそー。ごめん言われるよか、嬉しーつわれた方が、やっぱイイわ」

衒《てら》いなく笑われて、苦し紛れに視線を逃がす。謝罪ばかりを考えていた子供っぽさや、こんな場面でも赤くなった顔を見せられない自分に腹が立った。

「解ったからもう黙れ」

「あー俺、照れてるお兄ちゃんも莫迦みてーにスキ」

いつの間にか腰へ腕を回した彌勒が、逸らそうとする吉祥の目を覗き込んでくる。嬉しそうに光る双眸は、それでも幼く無邪気《むじゃき》な弟のものではなかった。

息を詰めた吉祥の唇へ、掬い上げるように彌勒の唇が触れる。やわらかな感触にびくつくと、今度は深く唇が重なった。

「っ……」

薄く開かれた唇が、ちゅ、と音を立てて吉祥の唇を挟み込む。意外なやわらかさに、今更のように強く瞼を閉じた。

「…ぁ…」

唇を割り歯列を舌でつつかれると、どうしようもない。まだ口吻《くちづ》けにも慣れず、奥で縮こまろうとする舌を舐められる。

「ふ……」

肺が引きつって、顔がひどく熱い。痛むほど繋いだ手に力を込めると、やわらかに舌を吸い上げられた。

駄目だと自分に言い聞かせても、足元がぐらつく。呻いた吉祥の背中から、彌勒が器用にシャツの裾を捲り上げた。

「ッ…ま…待て！」

ぎくりとして、重い腕で彌勒の顎を押し返す。

「あに」

白い掌の下で、不満そうな声がもれた。

「な、なにする気だ、お前」

「仲直りすんだろ」

当たり前のように返した弟が、吉祥の背中を撫で上げる。

「こ…、こ、ここ、寮だぞ⁉」

扉も壁も頑丈《がんじょう》な部屋だが、所詮《しょせん》は寮生が集う建物だ。任命式でのこともある。寮の上級生どころか、他部の実力者までもが吉祥を訪ねてこないとも限らなかった。

「氷室も戻ってくるし、それに誰か……」

「クソ眼鏡が戻ってきたら丁重《ていちょう》に消えてもらったらいーだろ。心配なら鍵かけりゃいんじゃね？」

「そんなこと……」

「つか今やめるなんてマジ無理」

断固とした声で、彌勒が鼻面に皺を寄せる。大きく口を開いた弟が、がぶりと兄の指を噛んだ。

痛みはなかったが、口腔のあたたかさに思わず手を引く。

「無理って彌勒…っ」

肩口にまで歯を立ててこようとする弟を、吉祥は両手で押し返した。

「ちゃんと、お前も寮へ戻らないといけないし、今夜のこと、御厨部長には説明しとかなきゃいけないし…。部室の鍵だって持ったままだから、返しに行かないと。それに俺は明日も朝、早いんだ。それに……」

そもそも夜を嫌う吉祥は、就寝時間が早い。今夜は結局、宿題にも手をつけていなかった。並べ上げれば、きりがない。真っ当な事情を連ねる兄に、彌勒が苛々《いらいら》と歯を剥き出しにする。

「だから彌勒……」

痺れを切らして鼻先へ噛みつかれる寸前、吉祥が黒い目を上げた。

「……い、一回だけだぞ」

「あ？」

がばりと口を開いた彌勒が、間の抜けた声を出す。聡い弟には珍しく、奇異《きい》なものを見るような眼で眉を寄せられた。

悔しさに、隠しようもなく顔が赤くなる。もう一度、殴りつけてやろうか。しかし彌勒が呼吸を止めたのは、一瞬のことだ。凶暴な衝動《しょうどう》に身を任せる前に、握った腕ごと恐ろしい力で抱き締められた。

「彌…」

肋骨《ろっこつ》が、軋む。息もつけないまま唇を塞がれて、視界が回った。

「テメェ、マジ心臓に悪ぃ」

寝台に体を投げ出しているだけなのに、忙《せわ》しなく肺が動く。弾みそうになる息を堪え、吉祥は顎を引いた。

「痛ぇ?」

声もなく呻いた吉祥を、彌勒が覗き込む。

緊張で強張る首筋が、痛い。だが弟の問いに、頷くことはできなかった。痛むのも、強張るのも、首筋だけではない。それなのに尻を出入りする指に意識が集中して、どうにもならなかった。

「……ぅ…」

冷たい軟膏を掬った指が、何本も入っている。受け入れる構造を持たない体で、弟と繋がるための準備をされているのだ。穴を出たり入ったりする指の動きに耐えていると、思わず数十分前の自分の言葉さえ撤回したくなる。だがそんな思考も、与えられる刺激に散らされた。

「…ぁ…」

横向きに寝台へ転り、右膝を胸元へ引き寄せる。完全なあおむけで足を押し上げられるよりは、体勢的な負担は少ない。それでも弟が尻をいじりやすいよう、おとなしく体を固定しているのかと思うといたたまれなかった。

「ココ?」

慎重に尋ねた彌勒が、穴へ差し込んだ指を左右に開く。ぷちゅっ、と空気が潰れる音がして、圧迫が増した。気持ちが悪い。

「…う…ぅ……」

右腕で顔の半ばを隠し、目を瞑る。白々と灯る蛍光灯の明かりが、寮の部屋を照らしていた。自分がどれほど情けない姿を晒しているか解っていても、吉祥には明かりを落とす選択肢《せんたくし》がない。

「確かに赤ぇけど」

腰の真横に膝を置く彌勒が、指で開いた場所を覗き込んでくる。屈み込んだ弟の髪が腿を掠め、びくついた時には遅かった。ぬっと伸ばされた舌先が、いじられて腫《は》れた穴を舐める。

「や……」

思わず大きな声がもれそうになり、息を呑んだ。

鍵をかけ、窓を閉ざしているとはいえ、ここが寮の部屋であることに変わりはない。踵《かかと》を動かし蹴りつけようにも、尻に埋まる指が怖くて動けなかった。散々指で掻き回された尻穴へ、尖らせた舌先が入ってこようとする。

信じられない場所で、ぺちょ、と水っぽく高い音が鳴った。途端に、鳩尾のあたりが冷える。それなのに首筋へは汗が噴き出して、吉祥は呻いた。

そんな場所、とてもではないが口を寄せるようなところではない。

「触る…な…っ…」

狼狽える吉祥に構わず、やわらかな舌先がぐにぐにと肉を割る。舌先は、意外なほど量感があって、熱い。尻穴に力を入れ、入り込んでくる舌を拒もうにも、太い指がそれを許さなかった。

「ぅ……、あ、あ…」

たっぷりと唾液《だえき》を擦り込まれた場所から、味わうような音が響く。張り詰めた肉の縁に舌が引っかかり、ぬるりと内側を舐めた。

「…ぁあ…」

ぞっと悪寒のような痺れが皮膚を這い、下腹が撲《う》たれたように重くなる。それが気持ちいいだなどと、恐ろしくて思いたくない。

「切れてねーけど、ンな痛ぇ？」

ひくつく尻穴に息がかかる距離で、彌勒が尋ねた。口を開けば、おかしな声がもれそうだ。苦しくて、重なった膝を揺らす。

「あー、もしかして痛ぇのこっち？」

「あ……」

閉じ合わさった股下を探られ、恥ずかしさに声が出た。股座《またぐら》に弟の手が割り込んでいると思うだけで、目眩《めまい》がする。膝を擦り合わせても逃げられず、すぐに陰嚢《いんのう》へ指が触れた。掌で包み取られた性器は、すでに固く勃ち上がっている。

「…ぅ…あ…」

陰嚢ごと一纏めに掌へ収められ、気持ちのよさに爪先が丸まった。

「すっげ、ぬるぬる」

今にも弾けそうな性器を揉み、彌勒が嬉しそうに笑う。彌勒が言う通り、痛いくらい張り詰めた性器はしたたるほどにぬれていた。

先端まで撫で回した手が性器を離れ、強張る右足を押し上げてくる。

「な…っ…、退け…っ…」

閉じ合わせていた膝を開かれ、反り返った性器が彌勒の鼻先で揺れた。驚き、踵で弟を押し返そうとしたが、無駄だ。膝の間へ割り込まれ、再び性器を握られるとどうしようもなくなる。

「暴れてんじゃねー頭打つぞ」

股間へ顔を寄せたまま、彌勒が舌打ちをした。

「…放…！　彌…勒…」

指で捉えた性器を、彌勒が眼を細めて見下ろしてくる。

「たまんねー眺めな」

ちゅ、と音を立てて、ぬれた性器へ口吻けられた。電気が流れたように、爪先が引きつる。すぐにはなにをされたのか解らず、押しつけられた唇のやわらかさに尻が浮いた。

「舐めてい？　すっげ美味《うま》そーな色」

思わず巡らせてしまった視線の先で、彌勒が自らの上唇を舐める。屈み込むその先で、艶やかな自分の肉が揺れた。

「やめ……！…」

そんなこと、許せるはずがない。

春休みに強請《ねだ》られた時でさえ、赤いというよりむしろ青い顔で拒絶した。彌勒の顔を押し返そうと腕を伸ばしたが、動きを阻《はば》む役には立たない。

「ひ…！…」

長く、彌勒が舌を突き出す。その尖らせた舌先が、蜜《みつ》に潤む性器の割れ目を抉った。

目の奥で、閃光が散る。接触は、一瞬だ。舌が熱かったのか、冷たかったのかも解らなかった。

「なー返事しろよ、つかしてよ、吉祥」

返答を促しながら、舌先がもう一度先端をつつく。つるっとした肉を舌先が滑る刺激は、手で握られる気持ちよさとまるで違う。腰からどろりと、全身が溶け落ちるかと思った。

自分の恥ずかしい場所へ、顔を寄せているのは誰か。

なによりその事実と、息遣いを間近に感じるだけで、射精してしまいそうだった。

「無視かよ。だったら勝手に食っちゃうぜ？」

固く目を閉じ、耐えることしかできない吉祥を見下ろし、彌勒が口を開く。

本当に、食べられるのではないか。竦み上がる吉祥の先端が、びくつきながら口腔に呑み込まれた。

「あっ…、あー、ぁ…」

自分のものとは思えない、甘ったれた声が出る。

こまかなふるえが胸に迫り上がって、体中に鳥肌が立った。熱くてやわらかな舌が性器に絡み、先端をこすりながら深々と含まれる。

「…っ…あ……」

複雑な形をした口蓋《こうがい》に先端が当たり、彌勒の口腔で性器が跳ねた。唾液ごと性器を吸われ、じゅるっ、と耐えがたい音が頭蓋にまで響いてくる。

顳顬を血脈が叩き、恥ずかしさに脳まで煮えそうだ。

「放…、ぁ…彌……」

深く性器を呑み込む動きに合わせ、尻に埋まる指が動く。内側を突かれながら性器を吸われ、吉祥は為《な》す術《すべ》もなくふるえた。

「ひ……」

彌勒の口を汚すと解っていても、止められない。弟の舌に性器を擦りつけ、射精する。

「ぁ…は、は……」

なまぬるい涙がこぼれ、口を開くが思うように呼吸ができない。ずず、と粘つく精液を啜られ、吉祥の腹がへこんだ。

「…ぅ……」

腹の上でごくりと喉が鳴り、弟に全てを飲み下されたことを知る。

「…ぁ…」

「早っえーなテメェ」

ぬるん、と口腔から性器を抜き出し、彌勒が惜しそうに舌舐めずりをした。それだけの動きにさえ、新しい痺れが走る。

「ンな気持ちよかった?」

唾液と体液でぬれた口元を、彌勒が喘ぐ吉祥の下腹へ擦りつけた。口を拭われるというより、牙《きば》を持った生き物に味見でもされているようだ。

嬉しそうな声で尋ねられ、わけも解らず首を振る。全力疾走《しっそう》したように、呼吸が苦しい。

「マジで？　ンじゃ別のヤり方、試《ため》させろよ」

重い体を投げ出す吉祥へ、彌勒が膝で這い寄る。胸の真横に手をつき、見下ろしてくる弟は本当に四つ足の獣《けもの》かのようだ。

飢《う》えたように光る眼を、見返すことさえ恐ろしい。固い肉が内腿に当たり、吉祥は喘ぎながら視線を巡らせた。

「う……」

勃起《ぼっき》した彌勒の陰茎が、視界へ飛び込む。白い吉祥の肌に押し当てられ、それはいっそう赤黒く、恐ろしい形に見えた。

「…無…理だ…、そんな……」

思わず、弱い声がもれる。切迫した泣き言まで、弟を無駄に興奮させるらしい。尻穴へと押しつけられた彌勒の陰茎が、ぴく、と跳ねた。

「無理じゃねーって。やさしくすっから」

やさしくだなどと、どの口が言うのか。

踵を揺らして蹴りつけてやりたいのに、満足な力などない。胸がつくほど屈み込んだ彌勒が、荒い呼吸に耐える兄を覗き込む。

「なァ入らせて、お兄ちゃんなか」

ぬれた彌勒の先端が、どろつく尻穴を押した。見下ろす弟はわずかに眉根を寄せ、苦痛を堪えるような顔をしている。

余裕のない顔だ。

真剣な、だけどやはり甘えた声で強請られ、吉祥は唇を開いた。やめろ、と言うつもりだったのか、許すつもりだったのかは、よく解らない。ただ細く吉祥が呻くと、ぬれた粘膜を彌勒の陰茎が押し広げた。

「あ…っ…」

引きつれる感覚に、言葉が潰れる。何度か受け入れたものとはいえ、こんな陰茎を目の当たりにし、怯えるなという方が無理だ。尻穴を広げて入ってくる塊は、恐ろしく太い。

それでもたっぷりと塗られた軟膏が摩擦を減らし、進入を容易《たやす》くした。

「…はっ、は…、あ……」

息なのか、声なのか、判らない音がひっきりなしに出る。内臓を押し上げられる苦しさに、今すぐ異物を押し出したくてたまらない。

それなのに熱い肉が入り込むと、爪先にまで痺れが走る。

「きっつ…」

頭上で呻く声は苦しそうで、それでいて正気を疑いたいほど気持ちよさそうだ。

慎重に体を揺すられ、いつの間にか驚くほど大きく膝が開いてしまう。しかし恥ずかしさを感じる余裕など、ない。怠くなった腿のつけ根が彌勒の胴へ当たり、深い位置まで陰茎が埋まったことを思い知らされる。

「吉祥？」

きつく目を閉じる兄を、彌勒が体を傾け覗き込んだ。

「あ……」

伸しかかる体重が、苦しい。そうでなくても深々と腹を圧迫する異物に、身動ぎするのも恐ろしかった。荒い呼吸に喘ぐ吉祥の脇腹を、ぬれた掌が何度も撫でる。

「苦しー？」

気遣わしげな声が尋ねた。きつい肉の輪に締め上げられ、彌勒の声も掠れている。それがひどく官能的で、ぞくりと重たい痺れが腹に溜まった。

「…っ…、うる…さ……」

「泣きそうだぜ、吉祥。ンな深くハマってっから？」

繋がった体を、彌勒がちいさく揺らす。

「ん、…ぁ、動…な…」

早い呼吸に口が渇《かわ》いて、声が裏返った。

「緊張すんな」

ちいさな瞬きを繰り返す瞼へ、ぬるりと熱い舌が這う。白い瞼ごと、彌勒が涙で重くなった睫を吸った。飴玉《あめだま》にされたみたいだ。

「テメェが緊張すっと、俺にもうつる」

不明瞭《ふめいりょう》な声が、低く呟く。言葉の真偽《しんぎ》など、吉祥には解らない。

脇腹をさすっていた手が、下腹を撫で密着した股間へ下りた。ぬれてほんの少し冷たく感じる指に、性器を摑まれる。

「う…っ…」

歯を食いしばり、吉祥は彌勒の下で仰《の》け反った。探り当てられた性器は、再び固く勃ち上がっている。

「力抜けって」

くちゃ、と音を立てて、彌勒が手のなかの性器を揉む。同時に腰を揺すられ、陰茎が出入りする辛さに声が出た。

「や…、彌……」

つけ根から順に辿り上げた指先が、性器の先端へ絡む。ぬれた肉を確かめられると、弟を呑み込む場所が締まった。

「やっべ、俺もすぐイっちまいそー」

とてもそうとは思えない声で嘆息され、薄い背が反り返る。べたつく指で性器に這う血管をこすられると、思わず膝が揺れた。

「…放…、駄目…だ……」

彌勒の陰茎が抜け出ると苦しいのに、いじられる性器からはぼたぼたと体液があふれる。扱かれる肉だけでなく、弟の陰茎を呑み込んだ穴からも、ひっきりなしにいやらしい音が鳴った。

「駄目？」

陰茎が充血した粘膜を擦り上げ、入ってくる。彌勒の手のなかで性器がびくびくと脈打って、吉祥の言葉を裏切った。

「あ、あ、…ぁ…」

繋がった体をびくつかせ、堪えられず射精する。

「っ……」

か細い声を上げた吉祥の鼻先で、彌勒もまた息を詰めた。ただでさえ狭い肉が、射精の衝撃で弟の陰茎を締めつける。

自分の腹のなかで、彌勒が脈打って膨れるのが解った。これ以上大きくなどなって欲しくないのに、彌勒を呑み込んだ場所をゆるめられない。

苦しむ吉祥に鼻面を寄せ、彌勒が低く呻く。だが光る眼は、閉じられることがない。爪先まで強張らせ、ぴくぴくとふるえる兄を、眉を寄せて彌勒が見下ろした。

「…はっ…、あ、ぁ…、っ…」

ひどく熱く感じる精液が、彌勒の手と自分の腹を汚している。

壊れそうに喘ぐ吉祥の胸に額を当て、彌勒が満足そうに息を吐いた。

「溶けそー。つーかぶっ壊れそー…」

衒いのない呻きに、きつく目を瞑る。自分の精液にぬれた手で下腹を押され、吉祥は顎を突き出した。

「あ、……ぁ…」

「頭んなかとか」

上がる息遣いを隠そうともせず、彌勒が繋がった腰を回す。

「……っ…、あ…」

射精の余韻が去らない体は重く、苦しいはずなのに新しい悪寒がじんわりと首筋を包んだ。

「う…、ぁ…あ、も……」

充血した粘膜から、ゆっくりと太い陰茎が退く。完全に抜け出そうなほど引き抜かれ、もう一度突き上げられると涙が出た。

「テメェは？」

彌勒の声音が顎先を舐め、口腔へ入り込む。乾ききっていた口腔が痺れ、喉が鳴った。喘ぐように唇を動かすと、れろ、とぬれた舌が口角をつつく。

ひんやりと感じる舌に、逆らうことなど考えられない。

求められるまま、吉祥は薄い唇を開いた。

「ん……、ふ…」

彌勒の舌が唇を舐め、少し遅れて口が合わさる。唇の内側を潤《うるお》した舌が、急くように口腔の奥へ伸びた。

「…っ…ん、ぅ……」

口腔で味わう自分以外の舌には、やはり慣れない。それなのに口腔どころか頭の芯までもがどろりと痺れて、吉祥は弟の舌に自分の舌で触れた。

呼吸が阻まれ、息苦しさに肩が浮く。それでも、彌勒を押し返そうとは思わなかった。

甘く舌をこすられるだけで、体がびくつく。重なり合った互いの体が揺れて、密着していない場所などどこにもないように思えた。

「なあ、吉祥、テメェはどーよ」

息切れのする口吻けの合間に、彌勒が尋ねる。

乾いた口腔に唾液が湧いて、舌が絡むと粘ついた音が響いた。

「なあ」

強請る声が、低い問いを繰り返す。

自分がこの瞬間なにを感じているか、彌勒に解らないわけがない。これほど密着した、性交の最中などでなくてもそうだ。

自分の弱さもなにもかも、彌勒は知っている。

知っていながら、言葉を強請る。兄の強情さを、責めるからではない。

自分たちはあの底なしの闇のなかで、溶け合った。最も残酷だったのは、その後再び、光に満ちた世界へ放り出されたことかもしれない。正しい世界の輝きは、闇に溶けた目には眩しすぎた。

歪んでいる。

こうして抱き合い、どれほど深い場所で繋がろうとも、元には戻らない。戻ることが、正しいことでさえなかった。そもそも兄弟で、男同士だ。抱き合うべき間柄でも、体でもない。兄が抱く確信も、その罪悪感まで、弟は知っているだろう。

それでも、彌勒は腕をのばす。言葉を、強請る。

繋いだ手から、互いの感情の全てを共有できたとしても、吉祥は疑問を持たない。そうできた瞬間も、確かにあった。しかし二つ身に別れた今は、互いの感情を明確に伝え合うには、言葉しかない。

「彌勒……」

ままならない呼吸の底から、弟の名を呼ぶ。

持ち上げた腕は、鉛《なまり》のように重い。固い彌勒の肩へ指がかかると、弟が驚いたようにふるえるのが判った。

こんな汗にぬれても、輝きを損なわない双眸が、兄を見る。指先にぱさついた彌勒の髪が触れ、後先など考えずに握り込んだ。

「彌……、俺…」

髪を摑み引き寄せた弟の耳元で、囁く。

荒い呼吸に巻かれ、まともな言葉になったとは思えない。だが吉祥の言葉は、確かに弟の耳に届いたはずだ。

粘膜をこすり上げた彌勒の陰茎が、腹で跳ねる。狭い場所を捏《こ》ねる肉は、ひどく熱い。

「……ぁ…」

高い声を上げたのは、吉祥だ。これ以上ないと思えるほど深い場所で陰茎がふるえ、飛沫が弾けた。

「っ……」

額がぶつかる距離で、彌勒が呻く。動きを止めず、射精した体を揺すられ、最後の一滴まで注がれた。収縮した吉祥の肉に絞られ、もう一度彌勒が深く息を吐く。

「…反則だろ、テメェ」

自分と同じ荒い呼吸のまま、彌勒が兄の顎先へと口を擦り寄せた。しがみついた背中から、ぶる、と心地好《よ》さそうな痺れが吉祥にまで伝わる。

「…ぁ…、お前…が……」

「俺が？」

掠れた声で尋ね、彌勒が甘えるように腰を揺すった。ぐっと直腸を押す弟の肉は、まだ完全に力を失ってはいない。持続する興奮に、吉祥は首を振った。

「退…け、…約…束……」

目を瞑ったまま、切れ切れに喘ぐ。

呻く兄に唇を尖らせ、彌勒が滑りが増した内側で陰茎を揺らす。

「もっかいだけ、な。だからテメェももっかい、可愛いこと言えよ」

そしたら早く、終わるかもしんねーぜ。

浮き上がる唇の間で、弟が唸る。

とてもではないが、信用できる言葉ではない。解っていながら、吉祥は髪を摑む指に力を込めた。

晴れ渡った空を、高い声で鳴く小鳥が横切る。寮の正面玄関へ帰り着き、吉祥は手にした任命状を見下ろした。

「なんでこうなるんだ」

任命状が収められた筒《つつ》ごと、ぽんぽんと掌へ打ちつける。

「仁科吉祥が寮の学年代表になるための推薦書類が受理《じゅり》されたからだろ。だから任命式の晩も、礼拝堂に入れたじゃねえか」

隣を行く氷室が、軽く肩を竦めた。天気がよい午後にも拘らず、やはり氷室の両手には分厚い手袋がはまっている。

「だから、なんで俺の名前の書類が出てたんだ」

いくら氷室を責めても無駄だと知りながら、言葉にせずにはいられない。

筒に収められた任命状には、吉祥の名前と共に寮の学年代表に選ばれた旨が記《しる》されていた。本来は二日前の任命式で、受け取るべき書類だったらしい。

しかし当の吉祥本人は、自分が学年代表に推薦されていたことすら知らなかった。そもそも学年代表の選出そのものに、興味などなかったのだ。

「立候補者がいない場合は、推薦か上級生の指名で決まるって話だが、どっちにしろ本人の了承《りょうしょう》は必須《ひっす》だろ。いつ俺が了承した」

薄い唇を引き結び、吉祥が溜め息を吐く。こんなことを企《くわだ》てるのも、また実際代表の座を獲得《かくとく》させてしまうのも、心当たりは一人しかいない。

にやにや笑う氷室に促され、土曜の午後に生徒会室へ出向かされた。驚くべきことだが、今日に至るまで任命式での一件について、吉祥にも彌勒にも、なんの咎めもなかった。

スピードスケート部が中心となって彌勒を引き摺り出した件は、任命式の正式な進行には含まれておらず、運動部と文化部の摩擦が生んだ、公開の私刑だと結論づけられたらしい。

初めて足を踏み入れた生徒会室で、彫刻に飾られた机へついた書記が、溜め息を吐いた。延々《えんえん》と続きそうだった書記の小言と恨み言は、氷室が手にしたカメラによってうやむやに消えた。後で知ったことだが、書記はあの雷雨の日、氷室が礼拝堂前で吉祥と別れ、追って行った人物らしい。

書記が嘆《なげ》いた通り、万事《ばんじ》丸く収まってなどいないのだろうが、取り敢えずは強引に蓋《ふた》がなされたということだろう。

いずれにせよ、吉祥は磨き上げられた木目の床に立ち、二日遅れで任命状と銀の指輪とを受け取った。

「どうせなら、氷室が自分で立候補すればよかったじゃないか」

靴の汚れを払い、寮の玄関をくぐる。

窓の多い寮内は、日中ならば明かりを灯さなくても充分明るかった。ふと、弟が暮らす文化部の寮も、似たような造りなのだろうかと、思う。

任命式での騒ぎの後、結局彌勒が運動部の寮を出たのは翌日の明け方すぎだった。文化部の寮へ戻って、無断外泊を咎められてはいないだろうか。

吉祥の心配をよそに、翌日彌勒は機嫌よく登校してきたようだ。互いの寮を行き来するのは難しいが、会いたければ休日に校外へ出ればすむ。回りくどい気もするが、実家と寮とに離れて暮らすことを思えば充分近い。彌勒は不満かもしれないが、むしろこれくらい距離がある方が、吉祥には安心できた。

「俺は学年代表補佐で充分」

一昨日、何故か彌勒同様に無断外泊をした友人が、にやりと笑う。

「実質《じっしつ》はお前が仕切るってことだろう？」

溜め息を吐き、吉祥は艶やかな木目の階段を上った。すれ違う生徒たちの耳にも、一連の騒動や学年代表就任の話題は届いているのだろう。上級生たちでさえ、どこか遠巻きに二人を見た。

「必要な範囲でな」

「どうせなら、もっと早くに言っておいてくれ」

否定することなく笑った友人を窘《たしな》め、部屋の扉を開く。片づいた室内を覗き、吉祥はすぐにばたんと扉を閉ざした。

「なにやってんだ、吉祥」

後ろに続いていた氷室が、もう一度扉を開く。あ、と制止の声を上げようにも間に合わなかった。

開かれた扉の向こうから、最後の桜が二、三片、風に煽られ吹きつける。全開にされた窓辺に、長身の影がだらしなくかけていた。入寮してすぐ、夜闇を背に見たものと同じ影だ。

「……彌勒…？」

信じられない気持ちで、その名を口にする。

やはり、目の錯覚ではなかったのか。先日は勢いのまま連れ込んでしまったが、ここは運動部寮だ。他の生徒に見つかれば、当然大きな問題になる。

「な、なにしてるんだ、お前！」

「言い忘れたが、転部したんだ」

戸口にもたれた氷室が、こともなげに眼鏡を押し上げた。

「…は？」

「合唱部も快《こころよ》く手放してくれたぜ？　こっちの誠意あふれる説得が通じたんだな、きっと」

「あーすっげココロヨカッタな。部長？　はみっともねーハゲ作った揚げ句便所から出てこねーし、副部長も実家帰るとか騒いでやがったけどよ」

全く興味なさそうに首筋を掻き、彌勒が窓枠から下りる。

「学年代表様からも、御厨部長に礼言っとけよ。こいつのホッケー部への転部届け、受理の判捺《お》す時あの人本気で血反吐《ちへど》吐きそーな面してたからな」

実際血反吐を吐かせてでも、氷室は必要な判を全て捺させたのだろう。溜め息を吐いた吉祥の耳に、騒がしい足音が届いた。

「偉須呂宅配お届けものでーす」

軽快に階段を駆け上がった杉浦が、息も切らさず部屋を覗き込む。生々しい痣を刻む顔を見つけ、吉祥は双眸を見開いた。

「杉浦」

運動部といえど、寮は一つではない。任命式以降、吉祥は杉浦に挨拶へ行きたいと考えながら、果たせないまま今日に至っていた。

「どうしてお前、この寮に…」

文化部と運動部ほどではないが、他寮への出入りは基本的に禁じられている。あんなことがあった直後だ。スピードスケート部の人間がここへ出入りするのは、賢明《けんめい》な選択ではない。

「言い忘れたが、こいつも今日付でアイスホッケー部員だ」

「…は?」

「辞《や》めてきちゃった。スピードスケート部」

ちいさな段ボール箱を小脇に抱え、杉浦があっさりと笑う。

「な…、お前、全国大会……」

「美濃輪さんたち全員辞めさせて、俺だけ残ればいーって顧問《こもん》は言ってくれたけど、なんだかさ。スピードスケートで五輪狙うより、こっちの方が面白そうだし」

五輪などという言葉を軽々しく口にしながら、ちらりと吉祥を見た杉浦が顔を赤くする。

「それに、あんたもいるし……」

「そーゆーわけだから、たまには手ェぐらい握らせてやれよ、吉祥」

呆気に取られる吉祥の耳元を、なにかが掠めた。ひょいと氷室が首を傾けたと同時に、鈍い音が響いた。

「ぎゃ…！」

顔面にパックをぶち当てられた杉浦が、背中から廊下へ倒れ込む。

「彌……！」

怒鳴り、振り返った視線の先で彌勒が舌打ちをした。

「避《よ》けんなクソ眼鏡。テメーナニ吉祥餌《えさ》にしてんだコラ」

杉浦の手から落ちた段ボール箱が、踝に当たる。受取人の名に目を留め、吉祥は友人を見た。

「……氷室、お前俺に言い忘れてたこと、これで全部か？」

低くなった吉祥の問いに、氷室がにっと笑う。こんな顔もできるのかと疑いたくなるほど、邪気のない笑みだ。

「腸《はらわた》が飛び出しそうなほど悲しいお報せだが、今日からお前と俺とは別ん部屋だ」

声に籠《こも》った響きの苦さは、作りものではない。無言で眉を吊り上げた吉祥に、氷室が肩越しに室内を見た。

素足で近づいた彌勒が、自分の名が記された段ボール箱を拾い上げる。ばりばりと蓋を開き、詰められていた包みを引っ張り出した。

「紹介《しょうかい》しよう、今日からお前のルームメートになる仁科彌勒君だ」

「ヨロシクネ吉祥クン」

棒読みで応え、彌勒が派手な包みで肩を叩く。

「…言い忘れすぎだろ、お前！」

ぐらりと、視界が回った。こんな話は、聞いていない。

百歩譲《ゆず》って、大勢の人間の手を煩わせ、彌勒を運動部寮へ入れたことは仕方がない。しかし同じ部屋にする必要があったのだろうか。勿論、弟の性格を考えれば、それが全体への影響を最小限に留める手段かもしれなかった。だが彌勒との関係を思うと、困るのだ。吉祥自身がとても、困るのだ。

「……幾らだ。氷室、お前、幾らで俺を……」

「売ったなんて人聞き悪ィこと言うなよ？　マンスリーリースで部屋貸すだけだ。部費の足しになるし、戦力は増強されたし、お前たちも兄弟水入らずで今度こそ皆がハッピーだろ？」

「待……」

氷室へ摑みかかろうとした吉祥の耳元で、ちいさな風切り音が上がる。彌勒の腕が肩越しに伸び、ばたんと音を立て扉を閉じた。

断ち切られたように、氷室の姿が扉の向こうへ消える。はっとして振り返ると、背後から肩口へ額が押しつけられた。

「つか、言うことあんだろ、お兄ちゃん」

逃げようとした吉祥を、太い腕が引き寄せる。尚も暴れようとすると、憮然と口を引き結ぶ彌勒に、顎を肩へ引っかけられた。

「お、お前本当にホッケーなんかできるのか？　大体スケートだって…」

「テメェが教えてくれたらいーだろが。まァ俺も色々、お兄ちゃんに教えてやるし？」

時間は、たっぷりある。三年だ。離れて暮らすと思った時よりも、その長さは絶望的に長いものに思われた。

「そーだコレ、引っ越しの挨拶な。ホッケー大好きなお兄ちゃんに」

唇を尖らせる彌勒が、ごそごそと銀色の包みを顎先へ差し出す。先程段ボールで届いた、あの包みだ。悪い予感に、息が詰まる。

「入学式に贈ったヤツ、捨てやがったろテメェ。今すぐこれ着けてリンク行こーぜ」

似合うと思うぜ。エロいガーターベルト。

悔しそうに耳の軟骨を齧られて、吉祥は薄い包みを押し退けた。

「いるか！」

「どーよ吉祥その態度。なー、言えって。ヤサシー弟と角部屋で二人っきり、好きな時に好きなことヤり放題で超嬉し……」

「黙れ！」

上機嫌と不機嫌の境目。甘ったれた弟の振りをする男が、試すように吉祥へ頬骨を擦りつける。その言葉の先が、なにを自分に促すのか。

口にしようのない一言を呑み込んで、吉祥は彌勒の顳顬に額を打ち当てた。

あとがき

このたびは『ブラザー×ファッカー』をお手に取って下さいまして、ありがとうございました。タイトル通り、仲のよい(?)兄弟のお話となります。どんと来い！　な猛者は勿論、兄弟だなんてそんな！　という真っ当な倫理観をお持ちのお方も、ほんの少し主義を曲げて覗いて頂けたなら嬉しいです。

最初にプロットを考えてから、一話目を書かせて頂くまで、また雑誌に掲載頂いてから、今回新書化して頂くまで、のろまな私は随分時間がかかってしまいました。その間にアイスホッケーを題材としたドラマが放送されたり（どえらく昔ですが）、日本人選手が初めてＮＨＬの舞台に立つなど、様々なニュースに驚いたり興奮したり。最近ではテレビ放送が少なくなったホッケーですが、やはりリンクでの観戦が一番見応えがあり、楽しいです。スケート靴のエッジが錆びる前に（いや本当に）、私自身今年は沢山滑りに行きたいです。

今回も発行にあたり、沢山のお方のお世話になりました。いつもご指導下さる担当者Ｋ様。今回も悲鳴を上げさせてばかりでごめんなさい。これからもよろしくご指導下さいませ。リンクス編集部の皆様にも大変お世話になりました。そして貴重なお時間を度々割いて下さったみゆき様。みゆき様なくしては立ちゆかない私です。また素晴らしい挿絵を下さった香坂透様！　イメージ通り、というよりも、イメージ以上のイラストの数々に感激で悶えっ放しでした。絵をつけて頂けて、本当に幸せです。ありがとうございました。

そしてなにより、読んで下さったお方に心より感謝申し上げます。少しでも楽しんで頂ける部分がありましたら、これに勝る喜びはありません。家族だけど交際中で、お互いのいい面も悪い面も、見えすぎる距離の二人ですが、可愛がっていただけますと幸いです。

ご感想などお寄せいただけますと、飛び上がって喜びます。また続きを書かせていただける機会を与えて頂けますよう、アンケートやお手紙などで応援頂けますと幸いです。宜しくお願いいたします。

二〇〇七年は、別のシリーズ作品ではありますが、ＯＶＡを作っていただける幸運にも恵まれました。ご興味をお持ち頂けましたら、そちらも是非ご覧頂けますと幸いです。

それではまたどこかでお目にかかれますこと、お祈り申し上げております。どうぞお元気で。

篠崎一夜

香坂さんと共同で、活動情報などをお知らせするＨＰを友人に運営いただいています。お仕事や同人誌の情報、ミニゲームなどもありますので、よろしければお立ち寄り下さい。
→　http://sadistic-mode.or.tv/（サディスティック・モード・ウェブ）

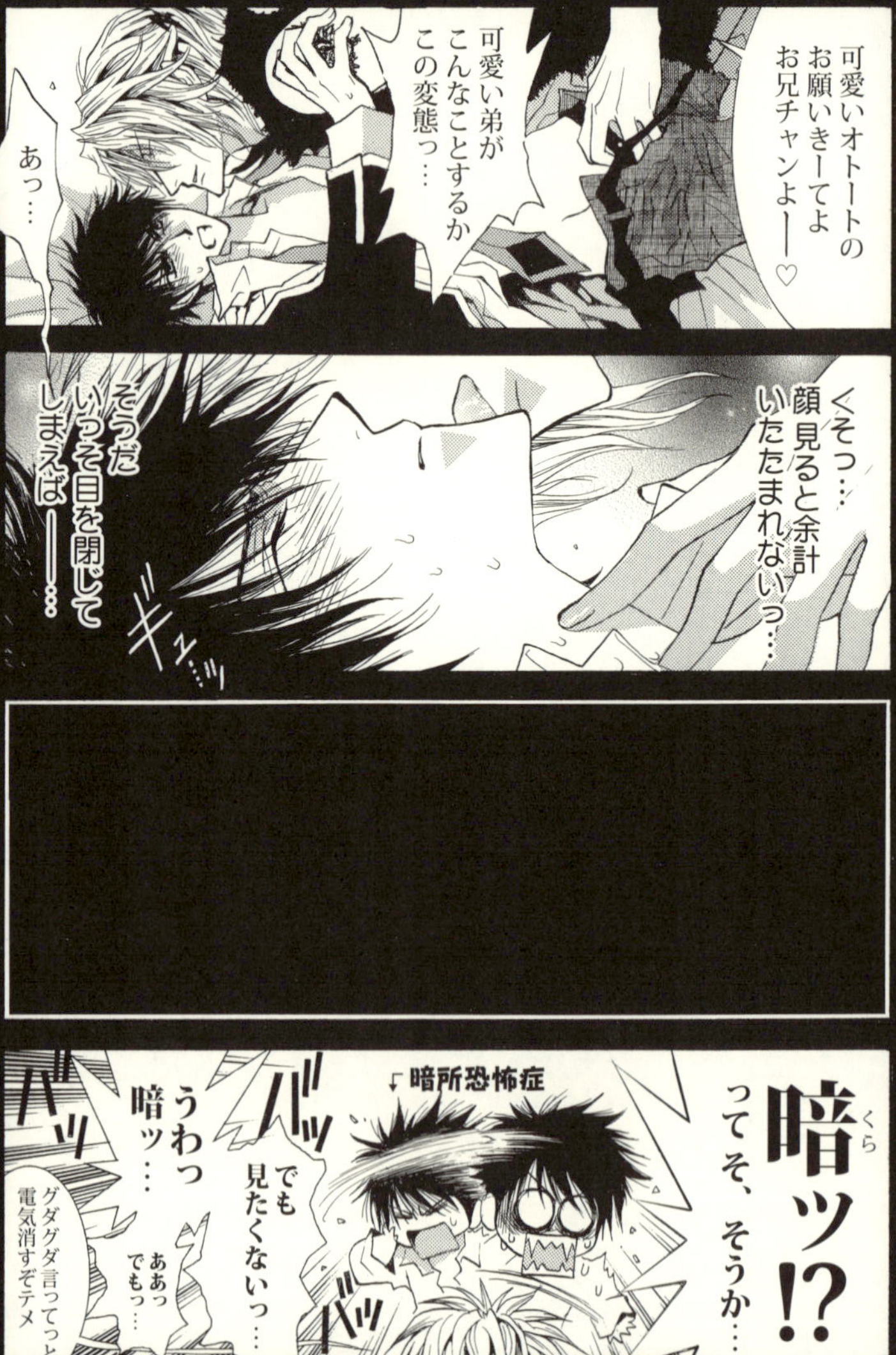

brother×fucker
Presented By Tohru Kousaka

brother×fucker
Presented By Tohru Kousaka

brother×fucker
Illustration By Tohru Kousaka

初出
ブラザー×ファッカー ——————2005年 小説リンクス12月号 掲載
ブラザー×ジュリエット ——————書き下ろし

この本を読んでの
ご意見・ご感想を
お寄せ下さい。

〒151-0051
東京都渋谷区千駄ヶ谷4-9-7
(株) 幻冬舎コミックス　小説リンクス編集部
「篠崎《しのざき》一夜《ひとよ》先生」係／「香坂《こうさか》 透《とおる》先生」係

リンクス ロマンス

ブラザー×ファッカー

2007年12月31日　第1刷発行
2013年7月31日　第2刷発行

著者……………篠崎《しのざき》一夜《ひとよ》
発行人…………伊藤嘉彦
発行元…………株式会社　幻冬舎コミックス
〒151-0051　東京都渋谷区千駄ヶ谷4-9-7
TEL 03-5411-6434（編集）
発売元…………株式会社　幻冬舎
〒151-0051　東京都渋谷区千駄ヶ谷4-9-7
TEL 03-5411-6222（営業）
振替00120-8-767643
印刷・製本所…共同印刷株式会社
検印廃止

ISBN978-4-344-81174-4 C0293
Printed in Japan

幻冬舎コミックスホームページ　http://www.gentosha-comics.net